I0611504

August Nebe

Drei thüringische Minnesänger

Christian Luppin, Heinrich Hetzbolt von Weissensee und Heinrich von

Kolmas

.

August Nebe

Drei thüringische Minnesänger

Christian Luppin, Heinrich Hetzbolt von Weissensee und Heinrich von Kolmas

ISBN/EAN: 9783743657403

Hergestellt in Europa, USA, Kanada, Australien, Japan

Cover: Foto ©Andreas Hilbeck / pixelio.de

Weitere Bücher finden Sie auf **www.hansebooks.com**

Drei thüringische Minnesänger.

Christian Luppin, Heinrich Hetzbolt von Weißensee und Heinrich von Kolmas.

Von

D. theol. Prof. A. Nebe,

Pfarrer zu Roßleben.

[Separatabbruck aus Band XIX. der Zeitschrift des Harzvereins
für Geschichte und Altertumskunde.]

Sep. 1886

———◦∿∩∩∿◦———

Halle a/S.,

Druck von Otto Hendel.

1886.

Drei thüringische Minnesänger.

Christian Luppin, Heinrich Hetzbolt von Weißensee und Heinrich von Kolmas.

Von D. theol. Prof. A. Nebe, Pfarrer zu Roßleben.

Friedrich Heinrich von der Hagen teilt in seinen Minnesingern, Teil 2, 20 ff. Nr. 73 folgende 7 Lieder von Kristan von Luppin, einem Düринt, mit:

I.

1. Ich vröu' mich gen dem meijen nihtes niht,
in' getruut ouch nie (niht) gen des winters zit:
Sol aber mich ervröuwen ihtes iht,
daz sol tuon ein wib, an der min vröude lit.
Sol ich truren, daz kunt von ir schulden,
senfter wolt' ich dulden
den tot, e ich enbaer' ir hulden.

2. Si sprichet vil, si si min vriunt gar guot,
unde wil doch niht tuon, des min herze gert.
Wa bi sol vriunt erkennen vriundes muot?
vriunt sol sin gen vriunde, daz er werde gewert.
Vrouwe, bistu min vriunt, daz la schin
werden, liebe min,
sprich ja, so lebe ich junder pin.

3. Man seit, [daz] in himelrich[e] si vröuden vil,
swes den man lüste, diu vröude si im na;
Durch iren willen ich dar komen wil,
wirt si mir niht hie, seht, so wirt si mir da.
Möht(e) aber mir ir hulde werden,
ich belibe uf der erden
al hie, Got liez' ich dort die werden.

II.

1. Ich enwil nu niht mer truren,
es wirt rat,
swie gar versmat
min dien(e)st der vil guoten.
Sumnen blik heiz nach schuren
gerne gat:
vil liht erstat
min trost, nach swaeren muoten.

Ein munt roeter danne rot,
der hat vil mir gedröuwet;
ich hoffe, er mich noch vröuwet,
swie so sere si'z lenget,
doch wirt schin,
daz art begin
guot ende dikke brenget.

2. Hende wiz, weich, darinne
sint vür war,
ob ich daz tar
sprechen, niht hant gebeine.
Alle mins herzen sinne,
nement war
ir ougen klar,
als ich Got solde meine,
Mir waere nöter danne not,
daz ich an ir genade vünde;
vür alle mine sünde
wolt' ich liden die buoze,
daz ir munt
mich tusentstunt
luste mit guoter muoze.

3. Ich hate gar vorhtelliche
z'ir gesant,
sa wart enprant
von mir der Min mit allen.
Ein wort sprach si zornliche,
sa ze hant
vil gar verswant
al min vroelich schallen:
„Stürbe er toeter danne tot,
in' getroest' in niemer."
Doch wil ich dienen iemer
dem saeligen wibe,
die wile lebt
unt kume strebt
diu sel in minem libe.

III.

1. Si reine, si schoene, si herze liebe, guote,
si saelik wip
Alleine wont gewalteklliche[n] in minem muote,
ir lieber lip
Muoz mir doch iemer
der liepste sin:
so rot wart nie (niht), noch enwirdet niemer,
als ir vil trutez mündelin.

2. Ir lachen, ir gelaeze, ir liehten ougen blikken,
ir werder gruoz
kan machen, daz vor vröuden in dem lib erschrikken
min sele muoz.
Daz hab' (ein) ende:
selches wart nie niht,
durch Got, seht, ir lel, ir weichen hende,
die sint wizer, danne ihtes iht.

3. Ich wolde ir gevangen sin gerne unverdrozzen,
so daz si mich
dort solbe in (ir) blanken armen haben geflozzen;
niemer könd' ich
Min leit gerechen
an der truten baz:
ir mündel kust' ich, unde wolde sprechen:
„sich, diner rocte habe du daz."

IV.

1. Ach Got, wes zihet mich diu vrouwe min?
Daz si mir tuot
groz ungemach, sin' weiz, ümbe waz.
Ir eigen diener wil ich iemer sin,
wan sist so guot,
tuot si mir we, si tuot mir wol baz.
Sweme daz si zorn,
ich han si ze troit erkorn:
so schoenez wart zer welte nie geborn.
Seht, welch ein wip:
ziehter, wie rehte zart ist ir lip!

2. Ein mündelin so rehte rosen rot,
wa mak daz sin?
nienber, des frouer' ich wol einen eit.
Sist blu, dur die min herze lidet not;
ach, waer' si min,
so waer' min truren gar hin geleit.
Miner vröuden vunt
lit an ir z'aller stunt,
ir ougen liuhtent dur mi(n)s herzen grunt.
Seht, welch ein wip:
ziehter, wie rehte zart ist ir lip!

V.

1. Sit daz al min
hoechste vröude an dir stat,
liebe trute mine,
So heiz [noch] mir din
rotez mündel geben rat,
daz mit sinem schine

Machen kan vil kluogiu herzen sinne los.
ach, (lieber) herre Got, wie rehte los
sach ich von ir ein lachen!

2. Swer also klar
ir küssen gar dur siuberlich
guetlich möht' erwerben,
Wol tusend jar
muest' er vröulich vröuwen sich;
unde solt' er sterben,
Jemer mere vuer[e] sin sele deste baz:
eia, truter munt, nu gip mir daz,
son' getrur' ich niemer.

3. Vil groz gedank
lat mich nu vil selten vri,
liep vor allen vrouwen,
Din kel so blank,
Und din lip so liep mak si,
man mag an dir schouwen
Hende weich, noch wizer zen stunt, danne ein sne:
Allez daz du hast, — waz sol des me? —
ist siuberlich an' ende.

VI.

1. Meijen schin, din kunft mich vröut vil kleine,
swie din bluot liuhtet so:
Mir tuot baz, daz mich diu liebe, reine
z'aller stunt machet vro:
Si mak mir wol bringen
gruenen kle, bluomen glast,
voglin singen,
die heide [wunneklichen] stat loubes me, dan tusent last.

2. Also zart wart nie kein wip, waerliche:
ist an ihr ihtes iht,
Ez ensi vri wandels sunderliche?
nein ez, z'war[e], nihtes niht,
Nie man kan vol triuwen,
also rot ist ir munt;
mich muoz riuwen,
daz ich niht emmuoz vor ir sien z'aller stunt.

3. Laza mich dich, liebez lieb, erbarmen,
ich bin vertriben, weistu daz?
Halt mich dar war in dinen blanken armen,
uf min reht, niht vür baz
Al der welte drömven
aht' ich niht, kumt'z dar zuo,
wiltu mich vröumven,
daz ich nie wart so vro, so sprich: „ich wil ez tuo."

VII.

1. Sich vröuwet min gemuete z'allen stunden
durch ein reine saelic wip,
Diu mit rehter guete hat enbunden
gar von sorgen mir den lip;
Diu ist behuot
valsches, hochgemuot,
und ist wert,
swenne ir mündel lachet,
so loslich si daz machet,
daz min herze zuo z'ir gert.

2. Ach, dur Got, wie rehte zartlich wende
künnen sich ir ougen klar!
Z'war', si treit gar slehte, wize hende,
wolgestalt [und] unmazen gar:
Sint da bein
inne? ich waene, nein.
tar ich's ie,
so ist ir blanke kel,
des ich niht enhel,
wizer, dann tusent sne.

3. Man seit, swa man ringe nach, des werde
ime ze leste doch sin teil:
So laz mir gelinge an dir, vil werde;
ich ranc ie, daz von dir heil
Mir geschehe.
lieber lip, laz sehe,
hastu's muot,
sprich: „ja!" sueze, reine;
wiltu'z aber meine,
„ja, ja, ja!" sprich, sost ez guot.

Diese sieben Lieder Luppins gehören nicht zu dem Mittelgute, welches sich nicht so sehr selten in dem Minnegesang befindet: sie zeichnen sich aus wie hinsichtlich der Form, so auch hinsichtlich des Inhaltes.

Die Sprache ist schön und edel, leicht und gewandt, frisch und lebhaft und steht mit dem Inhalte in vollkommener Harmonie. Die Reime sind fast ohne Ausnahme rein: das Metrum wird in allen Strophen gewissenhaft inne gehalten. Die Abweichungen im Liede Nr. 1. Str. 2, wo schin, min und pin mit schulden, dulden und hulden in Str. 1 und mit werden, erden und werden in Str. 3 korrespondiert und in Nr. 7. Str. 2, wo kel und enhel gelesen wird, während in Str. 1 und 3 an den entsprechenden Stellen zweisilbige Wörter (lachet und machet, reine und meine) stehen, werden nicht dem Dichter, sondern wie Hagen schon vermutet (4, 316), dem Abschreiber zuzurechnen sein. Die Reimzeilen sind meist kurz, bisweilen sehr kurz; sind sie länger, so erhalten sie durch Innenreime, wie Lied 3, wo in allen 3 Strophen

die erste und die dritte Zeile auf diese besondere Weise noch fester
mit einander verbunden werden (si reine, aleine: ir lachen, kan
machen: ich wolde, dort solde), oder durch Alliterationen, wie gleich
in Nr. 1. Str. 1 nihtes niht, ihtes iht, und Einschnitte, wie
in Nr. 3. in allen 3 Strophen in der vorletzten Zeile, eine sehr
wohlthuende Kürzung wie durch Bindung, so durch Verteilung. Der
Dichter wandelt nicht gern auf einem und demselben Versfuße, nur
in Nr. 3 bleibt er dem Jambus und in Nr. 7 dem Trochäus treu:
am liebsten wechselt er mit den Füßen, wie gleich in Nr. 1, wo
die dritt- und zweitletzte Zeile Trochäen enthalten, während der
Jambus in den andern herrscht. Bis auf Nr. 4 sind alle Lieder
dreistrophig: Hagen meint, jenes Lied wäre am Ende unvollständig.
Mir scheint das nicht, der Dichter preist sonst allerdings an seiner
Geliebten außer dem Munde und den Augen auch die blanke Kehle
und die blanken Arme, allein er will in diesem Liede nicht sowohl
ihre prangende Schönheit rühmen, als vielmehr aussprechen, daß sie,
die seinem Herzen so viel Schmerz bereitet hat, schließlich mit ihrer
Liebe ihn tröste.

Die Liebe hat Luppin zum Minnesänger gemacht: alle seine
Lieder sind Liebeslieder, an ein Weib gerichtet, welches überaus
schön ist. In Nr. 4, Str. 1 ruft er aus:

> so schœnez wart zer welte nie geborn.
> Seht, welch ein wip;
> ziehter, wie rehte zart ist ir lip!

und Nr. 6, Str. 2 beteuert er:

> Also zart wart nie kein wip, waerliche!

Ihre Augen strahlen, leuchten, dringen ihm in das tiefste Herz; es
heißt Nr. 4, Str. 2:

> Ir ougen liuhtent dur mins herzen grunt.

Ihr Mund ist wunderschön.

> Ein munt roeter danne rot,

singt er 2, 1 und 3, 1:

> so rot wart nie niht, noch enwirdet niemer,
> als ir vil trutez mündelin.

Unerschöpflich ist er in dem Preise desselben: Nr. 4, 2 singt er:

> ein mündelin so rehte rosen rot,
> wa mak daz sin?
> niender, des swuer' ich wol einen eit.

Dieser rote Mund hat es ihm angethan: Nr. 6, 2 bekennt er:

> Nie man kann vol triuwen,
> also rot ist ir munt:
> mich muoz riuwen,
> daz ich niht enmuoz vor ir sten z'aller stunt.

Und wie ihm, so ergeht es allen ohne Unterschied: Nr. 5, 1 bittet er:

> so heiz mir din
> rotez mündel geben rat,

daz mit sinem schine
machen kan vil kluogiu herzen sinne los.
Der rote Mund ist ein Schalk, er versteht zu drohen,
der hat vil mir gedröuwet,
klagt Luppin Nr. 2, 1; er liebt es, lose zu lachen,
ach, lieber herre Got, wie rehte los
sach ich von ir ein lachen,
seufzt er Nr. 5, 1, aber dieses schalkhafte, lose Lachen steht der Ge=
liebten so reizend, daß er gesteht (Nr. 7, 1):
swenne ir mündel lachet,
so löslich si daz machet,
daz min herze zuo z'ir gert.
Lieblich wie Augen und Mund sind auch der Hals, die Arme und
die Hände. An allen rühmt er die unübertreffliche Weiße, an den
Händen noch insbesondere die Zartheit und Weichheit. Nr. 3, 2
heißt es:
solches wart nie niht,
durch Got, seht, ir tel, ir weichen hende,
die sint wizer, danne ihtes iht.
Und 5, 3 erklärt er:
vil groz gedank
lat mich nu vil selten vri,
liep vor allen brouwen,
din kel so blank,
Und din lip so liep mak si,
war mag an dir schouwen
Hende weich, noch wizer zen stunt, danne ein sne:
allez daz du hast, — waz sol daz ine? —
ist siuberlich an' ende;
Und er beteuert 7, 2:
z'war', si treit gar slehte, wize hende,
wolgestalt unmazen gar:
Sint da bein
inne? ich waene, nein.
tar ich's ie,
so ist ir blanke kel,
des ich niht enhel,
wizer, danne tusent sne.
Die Geliebte ist wunderschön, aber ihm nicht wunderhold. Sie
treibt ihr loses Spiel mit ihm, bald zieht sie ihn mit freundlichem
Blick und Wort zu sich, bald stößt sie ihn mit zornigem Blick und
Wort von sich.
Ach, dur Got, wie rehte zartlich wende
kunnen sich ir ougen klar!
ruft er 7, 2 aus: die klaren Augen haben nicht auf andern Männern
zärtlich geruht, von Eifersucht weiß der liebende Dichter nichts,
sondern auf ihm selbst, sodaß sein Herz vor Wonne erbebte. Er
singt 3, 2:

> ir lachen, ir gelaeze, ir liehten ougen blikken,
> ir werder gruoz
> kan machen, daz vor vröuden in dem lib erschriken
> min sele muoz.

Aber das sind nur einzelne Sonnenblicke, welche ihn in seiner tiefen Kümmernis trösten: sie ist sonst so unnahbar, so spröde, so unwillig und aufgebracht über seine Liebe, die von ihr nicht lassen kann. Er klagt Nr. 1, 2:

> si sprichet vil, si si min vriunt gar guot,
> unde wil doch niht tuon, das min herze gert.
> Wa bi sol vriunt erkennen vriundes muot?
> vriunt sol sin gen vriunde, daz er werde gewert
> Vrouwe, bistu min vriunt, daz la schin
> werden, liebe min,
> sprich: „ja", so lebe ich sonder pin.

Er bekennt 2, 1:

> ein munt roeter danne rot,
> der hat vil mir gedröuwet,

und ebenda:

> swie gar versmat
> min dienest der vil guoten.

Sie hat auf Liebesbotschaft zornentbrannt ihm grausame Antwort gesendet: er sagt 2, 3 davon:

> ich hate gar vorhtekliche
> z'ir gesant,
> sa wart enprant
> von mir der Rin mit allen.
> Ein Wort sprach si zornliche,
> sa ze hant
> vil gar versmant
> al min vroelich schallen:
> „Stürbe er toeter danne tot,
> in' getroest' in niemer".

Sie mag ihm zürnen, im hellen Zorne ihm gar den Tod anwünschen, aber er kann sich nicht von ihr wenden, sie hat ihn in Bande geschlagen und alle seine Sinne und Gedanken gefangen genommen. Die Erde hat keinen Reiz für ihn: Frühling und Winter lassen ihn ganz gleichgültig. Dem wonniglichen Mai ruft er Nr. 6 entgegen:

> Meien schin, bin kunst mich vröut vil kleine,
> swie din bluot liuhtet so:
> Mir tuot baz, daz mich diu liebe, reine
> z'aller stunt machet vro:
> sie mak mir wol bringen
> gruenen kle, bluomen glast,
> voglin singen,
> die heide stat loubes me, dan tusent last.

Und Nr. 1, 1 bekennt er frank und frei:

> ich vröu' mich gen dem meijen nihtes niht,
> in' getrurt' ouch nie niht gen des winters zit:
> Sol aber mich ervröuwen ihtes iht,
> daz sol tuon ein wib, an der min vröude lit.

Selbst der Himmel mit seiner Seligkeit kann ihn nicht locken; die
Erde mit seiner Geliebten ist ihm lieber als der Himmel mit seinem
Gott. Im Wahnsinne seiner Liebe spricht er (Nr. 1, 3):

> Man seit, in himelrich si vröuden vil,
> swes den man lüste, diu vröude si im na;
> Durch iren willen ich dar komen wil,
> wirt si mir niht hie, seht, so wirt si mir da.
> Möhte aber mir ir hulde werden,
> ich belibe uf der erden
> al hie, Got lie;' ich dort die weiden.

Der Himmel der Liebe ist ihm durch die Hartherzigkeit der Ge-
liebten verschlossen, doch er kann sich nicht entschließen, um Liebe
bettelnd, an anderen Thüren anzuklopfen. Er weiht dem so heiß
geliebten, aber so kaltherzigen Weibe in nie wankender Treue seinen
Dienst bis zum letzten Lebenshauche. Er erklärt Nr. 2, 3;

> Doch wil ich dienen iemer
> dem saeligen wibe,
> die wile lebt
> unt lume strebt
> diu sel in minem libe.

Er hofft, daß sein treues Dienen ihr Herz ihm zuwende. Er singt Nr. 4, 1:

> Ir eigen diener wil ich iemer sin,
> wan sist so guot,
> tuot sie mir we, si tuot mir wol baz.
> Swenne daz si zorn,
> ich han si ze trost erkorn.

Er will den Kopf nicht hängen lassen; sondern über die traurige
Gegenwart hinweg nach der trostreichen Zukunft ausschauen. Nr. 2, 1
heißt es:

> ich enwil nu niht mer truren,
> es wirt rat,
> swie gar versmat
> min dienest der vil guoten.
> Sinnen blik heiz nach schuren
> gerne gat:
> vil liht erstat
> min trost, nach swaeren muoten.
> Ein munt roeter danne rot,
> der hat vil mir gedröuwet;
> ich hoffe, er mich noch vröuwet,
> swie so sere si 's lenget,
> doch wirt schin,
> daz art begin
> guot ende dikke brenget.

Wie lange er auf Gehör und Gewähr auch warten muß, so giebt er
die Hoffnung doch nicht auf, ihren Sinn zu wenden und ihr Herz
zu erweichen.

> Man seit, swa man ringe nach, des werde
> ime ze leste doch sin teil:
> So laz mir gelinge an dir, vil werde;
> ich rang ie, daz von dir heil
> Mir geschehe;
> lieber lip, laz sehe,
> hastu's muot,
> sprich: „ja!" sneze, reine;
> wiltu 'z aber meine,
> „ja, ja, ja!" sprich, sost ez guot. (7, 3).

Beweglich klagt er ihr das Elend, in welches er dadurch gefallen ist,
daß sie ihn von sich getrieben hat und er von ihr fern ist, Nr. 6, 3:

> Laza mich dich, liebez lieb, erbarmen,
> ich bin vertriben, weistu daz?
> halt mich dar war in dinen blanken armen,
> uf min reht, niht vür baz
> al der welte drömwen
> aht' ich niht, kumt 'z dar zuo,
> wiltu mich vrömwen,
> daz ich nie wart so vro, so sprich: „ich wil ez tuo".

Offen bekennt er (1, 1):

> senfter wolt' ich dulden
> den tot, e ich enbaer' ir hulden!

Welche Seligkeit würde ihre Liebe ihm nach all dem Leid bereiten;
welche wonnigliche Rache würde er an ihr nehmen.

> Ich wolde ir gevangen sin gerne unverdrozzen,
> so daz si mich
> dort solde in ir blanken armen haben geslozzen;
> niemer könd' ich
> min leit gerechen
> an der truten baz:
> ir mündel kust' ich, unde wolde sprechen:
> „sich, diner roete habe du daz!" (3, 3).

Dann wäre er getröstet über alles, was ihm widerfahren ist, ja ihm
könnte dann kein Leid mehr widerfahren!

> Swer also klar
> ir küssen gar dur siuberlich
> guetlich möht' erwerben,
> wol tusent jar
> muest' er vrönlich vrömwen sich;
> unde solt' er sterben,
> Jener waere vuer' sin sele deste baz:
> eia, truter munt, nu gip mir daz,
> son' getrur' ich niemer. (5, 2.)

Bei der Geliebten will er Gnade suchen: an ihr will er seine Sünde büßen. Es heißt 2, 2:

> Wir waere nöter danne not,
> daz ich an ir genade vünde;
> vür alle mine sünde
> wolt' ich liden die buoze,
> daz ir muut
> mich insentstunt
> luste mit guoter muoze.

Wir sehen, Wahrheit ist, was er (Nr. 3, 1) singt:

> si reine, si schoene, si herze liebe, guote,
> si saelik wip
> aleine wont gewalteklliche in minem muote.

Wer war dieser Christian von Luppin? Hagen, welcher sich meines Wissens zuerst mit dieser Frage beschäftigt hat, läßt ihn einem in Bayern wohnenden Geschlechte entstammen. Nach ihm (4, 315) führt er den Namen eines noch lebenden edlen Geschlechtes, welches vielleicht in Bayern zu Hause ist, denn nur dort findet er schon 1223 einen Ort Lubin, vgl. Lang, regesta sive rerum boicarum autographa 2, 134: praedium in Lubin. Kneschke stimmt in seinem deutschen Adels-Lexikon 6, 60 im wesentlichen bei; nur läßt er das edle Geschlecht der Luppine nicht in dem kleinen Lubin in Bayern seinen Stammsitz haben, sondern weist ihm denselben in Württemberg an. Das Rittergeschlecht der Luppine aber soll nach einer vier=hundertjährigen Familiensage im dritten Jahrhundert aus Rom ausgewandert sein und sich am Schwarzwalde niedergelassen und sich dort ein neues Stammschloß Lupodunum, dessen Trümmer man jetzt noch in der Nähe von Tuttlingen sehen kann, erbaut haben. Christian Lupin, ein Ritter, werde 1251 als schwäbischer Minnesänger genannt. Diese letzte Angabe Kneschke's ist aber ganz entschieden unrichtig: in keiner Handschrift, selbst in keinem Drucke der Minnesänger wird Christian von Luppin als ein Schwabe bezeichnet, sondern stets als ein Thüringer, was seine Gedichte bestätigen. Die Lieder der Minnesänger sind nicht in ihrer ursprünglichen Fassung auf uns ge=kommen: die Sammler derselben hatten von den allerwenigsten eine Originalhandschrift, sie entnahmen die kürzeren Lieder wohl vielfach der mündlichen Überlieferung und übertrugen sie, welche ohne Zweifel schon mannichfache Veränderungen auf diesem Wege erfahren hatten, ohne Bedenken in ihren Dialekt. Dieses behauptet schon Hagen und seine Behauptung hat keinen Widerspruch gefunden; hat man ja doch Versuche gemacht, eine Anzahl Minnelieder wieder aus der Sprache, in welcher sie handschriftlich vorliegen, in die Sprache ihrer Sänger zurückzuübersetzen. So hat Bartsch in seinem Werke Deutsche Liederdichter des zwölften bis vierzehnten Jahrhunderts, Leipzig 1864. S. 277 das schöne Lied unseres Luppin Nr. 3

wieder in der thüringischen Sprache hergestellt: und daß er ein Recht dazu hatte, kann ihm nicht bestritten werden, denn thüringische Spracheigentümlichkeiten haben sich in den Handschriften trotz jener Überarbeitung noch erhalten. Es gab eben zum Glücke Punkte, wo sich das heimatliche Idiom des Sängers nicht kurzerhand ausmerzen ließ; da, wo der Reim auf dieser Eigentümlichkeit beruhte, mußte man es stehen lassen, wenn nicht der ganze, schöne Bau zusammen= stürzen sollte. Hagen macht schon, um das Thüringertum Luppins außer Zweifel zu stellen, auf folgende Reime aufmerksam: Nr. 2, 2 meine und gebeine, Nr. 5. 3 si und vri, Nr. 6, 3 tuo und zuo, Nr. 7, 2 wende und hende, je (== jehe) und sue, Nr. 7, 3 werde und werde, sehe und geschehe, gelinge und ringe.

Gehörte Luppin jenem schwäbischen Rittergeschlechte etwa so an, daß er und seine Vorfahren aus der alten Heimat ihrer Familie ausgezogen waren, um anderswo ihr Glück zu machen? Wir wissen, daß solche Auszüge und Verpflanzungen vielfach vorgekommen sind; wie mancher Sproß des thüringer Landes schlug nicht in dem fernen Preußen neue, starke Wurzeln und war das erlauchte Haus der thüringischen Landgrafen nicht erst mit dem Grafen Ludwig mit dem Barte ins Land gekommen? Keine mittelalterliche Chronik, keine Urkunde deutet auf einen Zusammenhang der schwäbischen Luppine mit den thüringischen Luppinen hin; beweist etwa das Wappen beider Geschlechter ihre Zusammengehörigkeit? Siebmacher giebt in seinem großen Wappenbuche 5, 2·8. Zus. 25 an, daß die süd= deutschen Luppine in dem senkrecht geteilten Schild halb weiß in schwarzem und halb schwarz in weißem Felde einen Wolf und ebenso auf dem Helme einen halben weißen Wolf zwischen einem weißen und einem schwarzen Horne führen. Damit stimmt Knesche (6, 20) vollkommen überein, denn er spricht von einem Wolfe in gewechselten Farben, der in einem Schild, Schwarz und Silber der Länge nach geteilt, dahin schreitet. Die Manessische Handschrift, welche, weil sie die wertvollste und reichste ist, Hagen bekanntlich seiner Ausgabe zu Grunde gelegt hat, bietet neben dem Texte der sieben Minnelieder Luppins auch ein Bild. Das „Ge= mälde", schreibt Hagen 4, 315, „zeigt den Dichter ritterlich zu Rosse, mit einfachem Helm ohne Helmdecke, ein Panzerhemd mit hohem, eisernem Halskragen und rotem Wappenrocke darüber, in seinem länglich viereckigen Schilde steckt ein Pfeil und mit gesenkter Lanze sprengt er einem Bogenschützen nach. Dieser, mit langen, schwarzen Haaren und Barte, rotem Rock und schwarzen Hosen hat einen Köcher mit zwei Pfeilen an der Seite, jagt davon, und schießt im Fliehen noch einen Pfeil von seinem Scythischen Bogen. Der Kampfplatz ist bei einer Burg, aus welcher zwei Kriegsmänner in einfachen Sturmhüten herabschauen". Hagen findet gewiß sehr

richtig die Besiegung eines Heiden, und zwar eines Slaven, abge=
bildet, das Schild des Ritters zeigt kein Wappen: die Vermutung
liegt da sehr nahe, daß Luppins Wappen dem Künstler unbekannt
war, der hier, da die Lieder zu dem Bilde kein Motiv hergeben,
seiner Phantasie die Zügel konnte schießen lassen. Wenn nun Luppin
jenem schwäbischen Geschlechte angehört hätte, würde der begabte
Maler, welchen wir auf jeden Fall in der Schweiz zu suchen haben,
sich mit sehr geringer Mühe das Wappen desselben haben verschaffen
können: er glaubte demnach an keinen Zusammenhang des Christian
von Luppin, des Thüringers, mit jenem schwäbischen Rittergeschlechte.

Sein Glaube hat ihn auch nicht betrogen. Christian Luppin ist
und bleibt ein echter, rechter Thüringer. Hagen war noch nicht im
stande, etwas genaueres über die thüringische Abkunft des Minne=
sängers anzugeben. Das ist auffallend, denn mit · großem Fleiße
und viel Glück hat er aus einer großen Menge von Büchern über
die einzelnen Dichter allerlei biographische Notizen gesammelt.
Leuckfeld's Historische Beschreibung von dreyen in und bey der
Güldenen=Aue gelegenen Örtern, Leipzig und Wolffenbüttel 1721,
hätte ihn schon auf die richtige Spur leiten können. Daß ihm
Johann Friedrich Müldener's Gratulationsschrift vom Jahre 1743
de illustri Lupinorum familia Rotlebiae olim quoque conspicua
unbekannt geblieben ist, nimmt mich nicht wunder, denn nur äußerst
wenigen Glücklichen ist dies Schriftchen, ein Bogen in 4, einmal in
die Hände gekommen: allein des alten, trefflichen Gercken Codex
dip'omaticus Brandenburgensis hat er mehr wie einmal benutzt, aber
er hat sich nicht träumen lassen, daß in diesem der Geschichte der
Mark gewidmeten Werke der Name des thüringer Minnesängers
stehen könnte. Erst neuerdings ist man mit der von Leuckfeld im
angezogenen Werke S. 149 mitgeteilten Urkunde bekannt geworden.
Lachmann und Haupt verweisen in des Minnesangs Frühling, 3.
Aufl. 371, auf dieselbe, wie auch Bartsch in dem angegebenen Buche
und Wilmanns in seinem äußerst kurzen Artikel in der Allgemeinen
deutschen Biographie 19, 646. Ein Mehreres ist nicht geschehen und
hätte doch geschehen können und auch sollen, denn einerseits konnte
man mit den vorhandenen Hülfsmitteln dem Christian von Luppin
schon viel besser beikommen und andererseits erschallen in dem
Frühling und Sommer des Minnegesangs nicht gerade sehr viele helle
Stimmen in dem liederreichen und gesangsfreudigen Thüringerlande.
Sie sind zu zählen: der treffliche Heinrich von Morungen, welchem
G. A. von Mülverstedt in dieser Zeitschrift Bd. 13, 440 f. einen
eingehenden Artikel gewidmet hat, ist nicht das Haupt einer Sänger=
schule geworden. Heinrich Kolmas' erste Stimme ertönt erst nach
der Mitte des dreizehnten Jahrhunderts. Nach diesem singen um
des Jahrhunderts Ende und Wende unser Luppin, Heinrich Hetzbold

von Weißensee und der Ungenannte und Unbekannte, welchen die Manessische Samlung auf diese beiden unmittelbar folgen läßt. Unter diesen Verhältnissen, meine ich, verlohnt es sich, zu forschen nach Luppin und seinem Geschlechte.

Mit der oben erwähnten Gratulationsschrift Müldeners ist nicht viel anzufangen. Daß ein Luppin ein Minnesänger war, ist ihm verborgen geblieben: das verdienstvollste ist jedenfalls der Stamm= baum, welchen er S. 6 mitteilt und den ich hersetze:

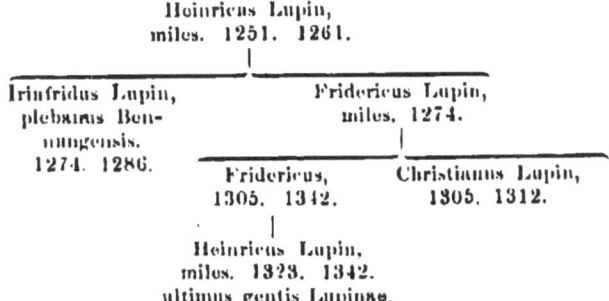

Heinricus Lupin,
miles. 1251. 1261.

Irinfridus Lupin,
plebanus Ben-
ningensis.
1274. 1286.

Fridericus Lupin,
miles. 1274.

Fridericus,
1305. 1342.

Christianus Lupin,
1305. 1312.

Heinricus Lupin,
miles. 1323. 1342.
ultimus gentis Lupinae.

Dieser Stammbaum ist weder vollständig, noch richtig. Wir können das Geschlecht der Luppine in Thüringen weit über 1251 verfolgen: v. Mülverstedt weist in dieser Zeitschrift 4, 67 schon einen Heinrich Luppin im Jahre 1231 nach. Wir sind demselben aber schon 1229 in einer Urkunde begegnet. In diesem Jahre be= kennt der Graf Friedrich von Beichlingen, daß er von dem Abte zu Walkenried 4 vasa cupri geborgt und ihm seinen Schutz gegen die Beschwerden Friedrichs von Oderleben und seiner Genossen ver= sprochen habe, wofür er ihm Bürgen stellt, nämlich seinen Oheim Albert von Arnstein und einige seiner Lehnsmänner (fideles), Friedrich von Tunzenhausen, Heinrich Lupin und den Münzmeister zu Frankenhausen. Urkundenbuch des Stiftes Walkenried 1, 126 f. Nr. 167. Dieser Graf Friedrich von Beichlingen war der Besitzer der Rothenburg über Kelbra und urkundet deßhalb sofort in dem angezogenen Urkundenbuche 1, 127. Nr. 168 im Jahre 1230 als Friedrich, Graf von Rodenburg. 1231 wird dieser Rothenburgische Vasall in zwei Urkunden seines Grafen Friedrich wieder erwähnt: er hilft bezeugen, daß dieser Graf einige Walkenrieder Güter zu Heynrode, Marbach und Solstedt von Abgaben befreit (U.=B. von Walk. 1, 134 f. Nr. 178); und daß Thomas von Wallhausen eine Hufe zu Pfiffel dem Kloster verkauft habe (l. c. 1, 135 f. Nr. 179); das erste Mal steht Henricus Luppin zwischen Friedrich von Weffingen und Gerhard von Berge (S. 135) und das andere Mal als Henricus Luppen zwischen Friedrich von Weffingen und Herwich von Livenrot (S. 136). Der Stand der Zeugen wird nicht näher angegeben: ebensowenig

Heinrich Luppin mit irgend einem Orte in nähere Verbindung gebracht.
Die Abkunftsorte der andern Zeugen aber legen die Vermutung nahe, daß
er in der Nähe des Kyffhäusergebirges ansässig gewesen ist. 1242
begegnen wir einem Heinrich Luppin wieder zwei Mal: den 9. Juli
befindet er sich zu Horwertere (Kleinwerther bei Nordhausen, vgl.
diese Zeitschrift 10, 116) bei den Grafen Albert, Konrad und
Friedrich von Klettenberg, welche sich mit Walkenried verglichen
haben, (U.-B. v. Walk. 1, 169 f. Nr. 236), und den 14. Juli be-
zeugt er mit vielen andern, daß Graf Tietrich von Hohnstein sein
ganzes Eigentum in Helmbrechtesdorf in der Grafschaft Stol-
berg (Helmsdorf bei Heiligenthal) dem Jungfrauenkloster zu Franken-
hausen verkauft habe, vgl. Jovius, Chronicon Schwartzburgicum
in Schöttgens u. Kreyßigs Diplom. et script. 1, 171 und Mülbeuer,
Historische Nachrichten von dem Cistercienser-Nonnen-Kloster S. Georgii
zu Frankenhausen. 1747. S. 154 f. In der ersten Urkunde folgen
S. 170 auf die beiden Grafen von Kirchberg, Christian und dessen
Sohn Gosmar, Friedrich von Tunzenhausen, Heinrich Luppin, Her-
mann von Everha, welcher in der angezogenen ersten Urkunde vom
Jahre 1231 der Vogt von der Rothenburg genannt wird (l. c. S. 135);
in der zweiten Urkunde tritt eine Menge von Zeugen auf, Heinrich
Luppin wird von Albrecht Schlegel und Thomas von Wallhausen
in die Mitte genommen, da dieser hinter Heinrich Luppin stehende
Herr von Wallhausen in der zweiten aus 1231 beigebrachten Urkunde
(l. c. S. 135) ausdrücklich ein miles genannt wird, so gehört Luppin
unbedingt auch diesem Stande an. Dieses bestätigt die Urkunde aus
dem Jahre 1245, in welcher der Graf Friedrich von Beichlingen
den zwischen dem Abte von Oldisleben und Albert Neuzimann von
Schillingstedt geschlossenen Vergleich verkündet (Mencke 1, 620). Unter
den ritterlichen Zeugen erscheint hier zwischen Heinricus dictus Picus
und Fridericus de Rothenberk Heinricus dictus Liepin, was ver-
schrieben oder verdruckt ist statt Lupin; in dem Copialbuch, das in
dem Staatsarchiv zu Weimar ruht, steht ganz deutlich Heinricus
dictus Lupin, wie auch Rothenborck statt Rothenberk. Ich kann
mich nicht entschließen, die Lebensdauer dieses Heinrich Luppin mit
Mülverstedt bis zum Jahre 1255 hinauszurücken, vgl. diese Zeitschrift
4, 67; nach meinem Dafürhalten empfiehlt es sich, den Tod des ersten
Heinrich Luppin zwischen 1242 und 1250 zu setzen.

1250, den 3. September urkundet Graf Friedrich von Beichlingen zu
Kelbra, daß seine Lehensträgerin Margarethe von Badere (Badra
zwischen Kelbra und Sondershausen) 9 Morgen an Walkenried ver-
äußert habe; Heinrich Lupin dient unter andern mit als Zeuge,
vor ihm stehen Heinrich von Wendeleben und sein Sohn Bertold[1],

---

[1] In der Urkunde steht ein B, aber aus der Urkunde von 1256, vgl.
U.-B. von Walkenried 1, 217. Nr. 314 erhellt, daß er Bertold hieß.

nach ihm aber Ludwig Spiegel und Konemund von Ebera. (U.-B. von Walkenried 1, 194. Nr. 274.) Statt des Hermann von Ebera, der aus dem Jahre 1242 uns bekannt ist, erscheint hier ein neuer aus diesem Geschlecht: warum sollte Heinrich Luppin nicht auch ein neuer Träger dieses Namens sein? Unsere Vermutung wird zur Gewißheit durch eine Urkunde von 1251, welche Leuckfeld in der angezogenen Schrift S. 13 mitteilt. Graf Friedrich von Beichlingen schenkt nach derselben den Cisterciensernonnen zu Kelbra die Kirche S. Georgii daselbst, mehrere Kirchen in der dabei gelegenen Altstadt, eine Mühle zu Ichstedt, mehrere Hofstätten und einen Wald. Dieses bezeugen außer verschiedenen geistlichen Herren die Ritter Gerhard von Berge, Heinrich Lupin, Friedrich von Rotenburch und ihr Bruder Hunold, Heinrich von Tutcherode (Tütcherode, wüst bei Nordhausen, vgl. diese Zeitschrift 4, 285). Der hier genannte Heinrich Luppin kann unmöglich mit dem Heinrich der Jahre 1229, 1231, 1242 und 1245 eine und dieselbe Person sein, denn mit seinem Bruder Hunold urkundet er noch 1267, vgl. U.-B. von Walkenried 1, 251. Nr. 385 Die Urkunde von 1251 schließt die drei Gebrüder unter die Ritter ein und läßt uns in Heinrichs und Hunolds Bruder einen Burgmann der Rothenburg erkennen. Da er allein nach dieser Burg benannt wird, so sind seine beiden Brüder schwerlich zu der Zeit von dem Grafen von Beichlingen mit einem Burglehen dort oben ausgestattet gewesen. Da aber Friedrich ein Burgmann war, so dürften Heinrich und Hunold, seine Brüder, auch Burgmannen desselben Grafen gewesen sein, welcher mehr als eine Burg besaß. Ich möchte glauben, daß sie zu der Burgmannschaft Kelbras, welches sich an den Fuß der Rothenburg anschmiegt, gehörten, wo Heinrich, wie wir gesehen haben, 1250, den 3. September als Zeuge auftritt. Als 1253, den 10. Januar die beiden Friedriche, Vater und Sohn, Grafen von Beichlingen, kundgeben, daß Friedrich von Rohra 2 Hufen daselbst dem Kloster Walkenried abgetreten habe, erscheint Heinrich Luppin abermals als Zeuge (U.-B. von Walkenried 1, 199. Nr. 284). Wir begegnen ihm wieder 1255, den 9. Mai, da der ältere Graf Friedrich von Beichlingen bekennt, daß er das Eigentum über $2\frac{1}{2}$ Hufe in Dalheim (Thaleben oberhalb Frankenhausen) an Walkenried überlassen habe, und zwar an erster Stelle unter den Zeugen. (U.-B. von Walk. 1, 212. Nr. 360.) Ebenso 1261, den 20. Mai, als derselbe Graf bezeugt, daß er die Mühle zu Kelbra dem Kloster daselbst für 70 Mark verkauft habe; wieder führt er, Henricus dictus Lupin geheißen, den Chor der Zeugen an. (Leuckfeld, l. c. 144.) Von hohem Interesse ist die Urkunde vom 25. April 1263. Graf Friedrich der Ältere von Beichlingen, Graf Heinrich von Hohnstein und Graf Friedrich der Jüngere von Beichlingen verkünden einen Verzicht Friedrichs von Rohra. Alle drei Grafen lassen von ihren Leuten diese Urkunde beglaubigen, zuerst kommen die des älteren Grafen von Beichlingen. Seine testes sind milites et servi in Rodenburch; H(enricus) dictus Luppin, C.[1] de Bennungen, Olricus de Livenrode, H.[2] de Wessungen. (U.=B. von Walk. 1, 235 f. Nr. 349.) Heinrich Luppin hat nunmehr auch ein Burglehen auf der Rothenburg empfangen und scheint, da er an der Spitze der Zeugen, die von dieser Burg genommen waren, steht, auch an der Spitze der Burgmannen gestanden zu haben. 1265, den 19. April dienen neben Egellolbus von Wendeleben die beiden Brüder Heinrich Luppini und Hunold dem Grafen Friedrich von Beichlingen als Zeugen, da er einen Verkauf H. von Badere an das Kloster Walkenried bekundet (U.=B. von Walk. 1, 245. Nr. 372) und wieder beide 1266, den 28. September dem Grafen Friedrich von Beichlingen, da er dem Kloster Bischofrode 1 Hufe und 7 Hof= stätten zu Schate zueignet (Neue Mitteilungen. 13, 564) und gleichfalls beide 1267, den 11. September dem älteren Grafen Friedrich von Beichlingen, als er zwei Hufen seines Allods zu Kelbra an Walkenried abtritt (U.=B. von Walk. 1, 251. Nr. 385). In demselben Jahre hilft er den 30. Dezember dem Grafen Friedrich von Beichlingen bezeugen, daß Bertold von Isserstedt (nordwestlich von Jena) dem Kloster Heusdorf (bei Apolda) Güter überlassen habe (Rein, Thuringia s. 2, 162. Nr. 105). Heinrich Lupin und sein Bruder Hunold sind bei Graf Friedrich von Beichlingen und seinem Sohne, dem Grafen Friedrich von Lare, Zeugen, da sie alle Güter, welche sie noch zu Schate besaßen, dem Kloster Bischofrode verkaufen und zu freiem Eigentume überlassen. (Neue Mitt. l. c.) Zum letzten Male er= scheint Heinrich unter den Lebenden den 25. Februar 1268, als Graf Friedrich von Beichlingen den Wald Kamere, das wüste Ratsfeld (zwischen der Rothenburg und Frankenhausen), 7 Hufen bei Kelbra, 1 Acker und 1 Weinberg bei Thaleben für 160 Mark feinen Silbers an Walkenried abgiebt. Hunold, welcher gleich auf ihn folgt, — Heinrich Girbuch und Ludwig Spiegel gehn ihm voraus, — mag wohl sein jüngster Bruder sein. (U.=B. von Walk. 1, 255. Nr. 389.)

Graf Gosmar von Kirchberg bekundet 1274, den 6. März, daß der Nonnenkonvent zu Kelbra dem Irinfrid und seinem Bruder Friedrich, den Söhnen des Herrn Heinrich Lupin, auf eine Hufe in der Altstadt nahe bei der Stadt Kelbra 12 Mark Silber geliehen habe; wenn die genannten Brüder bis zur nächsten Michaelisoktave das Geld nicht zurückerstatteten, so zahle der Konvent noch eine Mark und erhalte jene Hufe mit allem, was dazu gehöre, zu freiem Besitz. Wenn irgend ein unvorhergesehenes Hindernis eintritt, daß diese Abrede nicht gehalten werden kann, so macht sich Graf Gosmar ver=

---

[1] C. ist wohl mit Carolus aufzulösen, vgl. Leuckfeld, l. c. 146. [2] H. wohl mit Heinricus, vgl. ebenda. W. ist Großwechsungen bei Nordhausen.

bündlich, in Kelbra einzureiten und dort so lange zu liegen, bis daß das Kloster wieder zu seinen 12. Mark gelangt ist. Die drei ersten Zeugen sind, Ritter Ludwig, genannt Spiegel (speculum), Ritter Hunold, Ritter Heino von der Rothenburg. Leuckfeld, 145. Wir irren wohl nicht, wenn wir in dem Ritter Hunold den Vatersbruder der Brüder Jrinfrid und Friedrich erkennen. Dieselben werden einfach die Söhne domini Heinrici Lupini genannt, es fehlt dabei jeder Zusatz (quondam, felicis, clarae etc. memoriae), welcher auf den Tod des Genannten hindeutet; nichtsdestoweniger trage ich kein Bedenken, Jrinfrid und Friedrich als die hinterlassenen Söhne Heinrich Luppins zu bezeichnen. Erfreute sich Heinrich Luppin noch des Lebens, so konnten Jrinfrid und Friedrich auf diese Hufe kein Geld aufnehmen: sie hatten kein Verfügungsrecht über sie, denn diese Hufe gehörte nicht zu einem Lehngute, welches die Grafen von Beichlingen ihnen übergeben hatten, um sie für geleistete oder für zu leistende Dienste zu belohnen, sondern war Privatbesitz des Luppinschen Geschlechtes, allerdings nicht durchaus freier, sondern kirchbergisches Lehngut. Graf Gosmar stand zu den beiden Luppinen in enger Beziehung, in wie enger, werden wir sogleich noch erfahren, hier genügt es vollkommen, daß wir wissen, der Lehnsherr stellt sich für seine Lehnsträger mit seiner eigenen Person, und das Geschlecht der Luppine, welches Rothenburger und Kelbraer Burglehen aus der Hand der Beichlinger Grafen erhalten hatte, war sonst noch an dem letzteren Orte begütert.

Eine große Pause tritt ein; 1292, den 29. Juni erscheinen erst wieder Luppine. Otto, Fürst von Aschersleben und Graf von Anhalt, bezeugt, daß Friedrich und Christian, die Söhne Luppins, nachdem sie 12 Mark Nordhäuser Silber empfangen haben, auf jede Klage, welche sie gegen den Konvent von Walkenried wegen 1 Hofstätte und 2½ Hufe zu Kelbra hatten, die von ihrem Onkel, dem Grafen Gosmar, dem Walkenrieder Gotteshause verkauft worden waren, verzichtet und zugleich mit Heinrich von Leiningen und Burchard von Aschazerode (Ascherode, westlich von Bleicherode) dem Konvent über diese Güter Gewähr zu leisten versprochen haben. Unter den Zeugen erscheint nach den beiden Rittern Hermann von Gehoven und Ludwig genannt Spiegel an dritter Stelle Herr Erenfrid, Luppins Sohn, ohne nähere Bezeichnung seines Standes. (U.-B. von Walk. 1, 344 f. Nr. 542 und Heinemann, (Cod. dipl. Anhalt. 2, 512. Nr. 724.) Diese Urkunde bestätigt das Ableben Heinrich Luppins; wie hätten bei seinen Lebzeiten seine Söhne gegen Walkenried wegen eines Verkaufs ihres Onkels eine Klage anstrengen können? Dem Vater stand das zu und nicht den Söhnen. Friedrich, Christian, wie auch der Zeuge Erenfrid werden als filii Luppini angeführt; da jede weitere Bemerkung fehlt, muß der Luppin,

welchem diese drei Männer entstammen, eine und dieselbe Person
sein. Zu den beiden durch die Urkunde vom 6. März 1274 uns
bekannt gewordenen Brüdern Irinfrid und Friedrich gesellt sich
also noch ein dritter, welcher damals wohl nicht mit handelte, weil
er — er ist ja der jüngste von ihnen, wie aus der fortwährenden
Nachstellung hinter Friedrich klar ersehen wird, — noch nicht mündig
geworden war. 1292 ist er mündig und in der Lage, gemeinsam
mit seinem Bruder Friedrich vorzugehen. Auffallend ist es, daß der
älteste Sohn Heinrich Luppins Erenfrid nicht mit seinen beiden
Brüdern gemeinsame Sache macht: er beschwert sich nicht mit ihnen
über erfahrenes Unrecht. Das Rätsel löst sich, wenn wir bedenken,
daß dominus Erenfridus, Luppini filius, nicht unter den milites steht,
sondern mit Herwich von Liebenrode, wie es allen Anschein hat —
es folgt in dem Abdruck ein Gedankenstrich, eine Lücke ist also in
der Urkunde vorhanden, — eine eigene Kategorie bildet; der Herr
Erenfrid hatte das Schwert mit dem Missale vertauscht und war
Priester geworden. Wir haben keinen Grund, dem so gewissenhaften
Müldener zu mißtrauen, welcher in seiner angezogenen Gratu=
lationsschrift S. 6 angiebt, daß er 1286 Pfarrer von Benungen
gewesen sei, obschon wir seine Angabe mit keiner Urkunde
belegen können. Ihren Verzicht erneuern Friedrich und Christian,
die Söhne Luppins, an dem 28. April 1293; dieses Mal aber nicht
allein, sondern in Gemeinschaft mit Theoderich, dem Stiftsherrn
von S. Stephan zu Halberstadt und Archidiakonus zu Westerode,
Johannes, Ludolf, (sämtlich Gebrüder von Hessenheyn), mit
Luckardis, Kanonissin in Quedlinburg, genannt von Klettenberg, und
Gertrudis, Kanonissin in Gernrode; sie alle nennen den Grafen Gosmar
ihren Onkel (avunculus). An dieser Urkunde hängen sieben Siegel,
nämlich von fünf Ausstellern und von zwei Zeugen (von dem
Fürsten Otto von Anhalt und dem Grafen Heinrich von Kirchberg),
noch heutigen Tages. (U.=B. von Walk. 1, 348. Nr. 546 und
Heinem. Cod. d. Anh. 2, 528 f. Nr. 748.) Diese Urkunde läßt
uns einen höchst erwünschten Einblick in die Familie der Luppine
thun: die Gattin Heinrich Luppins, die Mutter der drei Luppine,
Erenfrid, Friedrich und Christian, tritt aus dem Dunkel hervor.
Wenn die Gebrüder von Hessenen (über die Familienzugehörigkeit
der beiden frommen Stiftsfrauen Luckardis und Gertrudis wage ich
keine Vermutung und bedarf einer solchen auch nicht) und die
Gebrüder Luppine den Grafen Gosmar ihren Onkel nennen und
zusammen Ansprüche erheben an die Güter, welche derselbe an
Kloster Walkenried verkauft hat, so müssen die Hessener und die
Luppine in gleich naher, in gleicher Verwandtschaft zu dem hohen
Verkäufer stehen. Durch ihre Väter können sie nicht verwandt
sein, also bleiben nur die Mütter übrig: die Mutter der drei

Herren von Hessenen und der beiden, oder genauer, da Erenfrid
mitgerechnet werden muß, der drei erwähnten Herren Luppin müssen
leibliche Schwestern, und zwar des Grafen Gosmar Schwestern
gewesen sein [1]. Wer war aber dieser Graf Gosmar, der in den beiden
vorliegenden Urkunden von 1292 und 1293 nie mit seinem Familien
namen genannt wird? Ohne allen Zweifel war er ein Graf von
Kirchberg, und zwar von jenem Kirchberg, welches auf der Hainleite
zwischen Sondershausen und Lohra noch in Trümmern daliegt. Das
Walkenrieder Urkundenbuch genügt schon vollkommen zum Beweise
der Wahrheit. Graf Christian von Kirchberg verkündet 1244 einen
Verzicht aller seiner Söhne, mit Namen Heinrich, Gosmar und
Christian (1, 174. Nr. 243). Mit seinem vollen Namen tritt comes
Gozmarus de Kyrchberch als Zeuge in einer Urkunde des Grafen
Friedrich von Klettenberg 1279, den 18. Oktober auf. (1, 295 f.
Nr. 454.)[2] In dieser Urkunde steht gleich neben ihm filius sororis
nostrae, Fridericus miles de Wessunge (S. 296). Wir entnehmen
hieraus, daß die Töchter solcher gräflichen Häuser, welche sich nicht
in blühendem Besitzstande befanden, oft lieber einem niedrigeren
Herrn von Adel ihre Hand reichten, als daß sie den Schleier nahmen
und der Welt entsagten. Gosmar verkauft 1287, den 2. Februar,
mit seinem ganzen Namen sich nennend, an Walkenried die Hofstätte
in der Altstadt bei Kelbra und die 2½ Hufe, zwischen der Stadt
Kelbra und dem Allode Numburg gelegen, über welchen Verkauf die
Neffen und Nichten später Klage führten (1, 320. Nr. 497). Daß das
Haus der Grafen von Kirchberg hinsichtlich seines Vermögens schon
lange im Niedergang begriffen war, erhellt aus einer Urkunde von
1236, welche bei Schannat vind. liter. 2, 11. Nr. 17, Falckenstein,
Thür. Chronika 2, 856 f. und in dieser Zeitschrift 9, 190 und mehr
noch abgedruckt ist. Eine Enkelin des Urkundenausstellers von 1236
reichte einem Herrn von Hessenen, eine andere dem Heinrich Luppin,
dem gräflich beichlingischen Burgmanne auf der Rothenburg und zu
Kelbra, ihre Hand. Die beiden Söhne der letzteren, Friedrich und
Christian, waren gleichfalls Burgmannen auf der so herrlich gelegenen
Rothenburg: wie ihres Vaters Bruder Friedrich in der Urkunde von
1251 Friedrich von Rotenburch genannt wird, so lautet die Legende
in dem Siegel[3], welches sie gemeinsam unter die Urkunde von 1293

---

[1] Dies behauptet auch Avemann, Beschreibung der Reichs= und Burg-
grafen von Kirchberg. S. 133.   [2] Meyer (vgl. diese Zeitschrift. 15, 234)
nennt den Grafen Gosmar von 1236 und 1244 Gosmar II und den Gosmar,
der von 1279 an erscheint, Gosmar III; wenn aber der ältere Bruder von
Gosmar II, Heinrich, bis 1279 lebte, hat es keinen Anstand, das Leben des
Gosmar II bis 1287 auszudehnen, wodurch ein Gosmar III ganz überflüssig
wird.   [3] Das Wappen in dem Siegel besteht aus 3 Querbalken, welche
in dem Schilde von der oberen rechten Ecke nach der unteren linken Seite

hängen, wie Heinemann (Cod. dipl. Anh. 2, 529) angiebt: S. Friderici et Cristani de Rotenburc.

Auf Friedrich Luppini stoßen wir in einem Regest über einen Verkauf Hermanns von Arnswalt an Walkenried 1296, er dient als Zeuge (U.-B. von Walk. 1, 357 f. Nr. 564); auf seinen Bruder Christian 1297, den 14. Dezember. Hedwig, die Witwe des Ritters Goswin von Sangerhausen, überläßt der Kommende des deutschen Ordens zu Griesstedt 2 Hufen Landes in Frommstedt bei Weißensee: was Philippus genannt de Domusch, Henning, der Vogt in Sangerhausen, genannt de Winningen, Heinrich, der Ritter, de Liningen, Christianus Luppini, Ernst de Reveningen, Hermann de Wendehusen, Heinrich genannt Schalun, Konrad genannt Bok, Ulrich genannt Calp bezeugen. Vgl. Wyß, Hessisches U.-B. 1, 475. Es scheint dem Christian das Leben auf der Rothenburg nicht recht gefallen zu haben: er wollte sich nicht an eine Scholle Erde, wenn sie auch noch so lieblich war, binden, er liebte die Ungebundenheit und Freiheit und wollte lieber in der großen, weiten Welt sein Glück versuchen. Sein Bruder Friedrich war nicht so hochstrebenden Geistes: wir finden ihn als Zeugen (Fridericus Luppini wird er genannt) in Kelbra bei dem älteren Grafen Friedrich von Beichlingen, als dieser einen Verkauf der Herrn von Wessungen an Walkenried verkündigt (U.-B. von Walk. 1, 381 f. Nr. 602); da er unter den 8, welche als Burgmannen (cives) der Rothenburg und Kelbras gekennzeichnet werden, an dritter Stelle steht, darf man wohl die Rothenburg als seinen Sitz betrachten, und abermals 1306, den 18. Dezember, Friedrich Luppin geheißen, als Zeugen bei dem Vertrage der Grafen von Hohnstein mit dem Grafen Heinrich von Beichlingen, welchen Graf Heinrich von Reinstein und Henning, Truchseß von Alvensleben, glücklich zustande gebracht haben. Vgl. diese Zeitschrift 10, 381 ff. Weiter kommt Friedrich Luppin 1309, den 21. März als Zeuge vor, da die Gebrüder Goswin und Ludwig von Sangerhausen der Kirche zu Jechaburg eine Mark jährlicher Gefälle von Gütern zu Frommstedt zuweisen, vgl. Würdtwein, Dipl. Mogunt. 1, 125, dann 1310, den 17. Juli, als das Geschlecht derer von Talheim einen Tausch mit Walkenried trifft. (U.-B. von Walk. 2, 80, Nr. 724; er steht hier nicht unter den milites, aber zwischen Konrad von Bennungen und Bartho, dem Vogte des Grafen Friedrich von Beichlingen) und schließlich 1311, den 10. März in einer noch nicht gedruckten Urkunde, welche sich in dem Archive des thüringisch-sächsischen Vereins für

---

schräg laufen, woher Hagen 4, 315 weiß, daß das Wappen des Dichters 5 wagerechte Querstreifen, hellgrün, rot, hellgrün, schwarz, hellgrün, hat, läßt sich nicht sagen, da er keinen Wink giebt.

Erforschung des vaterländischen Altertums befindet. Der Propst Fried-
rich, die Äbtissin Hedwig und der ganze Konvent zu Kelbra belehnen
den Ulricus und Hertwicus de Lycebenrode mit 3 Hufen Landes in
Kelbra und 2 Hofstätten zu Nuesezzen (wüst zwischen Lindeschuß
und Sittendorf, vgl. diese Zeitschr. 4, 254) und Ramolderode (wüst
bei Kelbra, vgl ebenda. S. 253 f.), wobei als Zeugen gegenwärtig
sind: Anno de Slatheim, Ernfridus de Walhusen, Reynhardus de
Aldendorp, milites; Fridericus Luppin et Bartho de Tullide. Nur
noch einmal nach 1293 erscheinen Fridericus Luppini et Christianus
frater suus neben einander als Zeugen: das geschieht 1305, den 27.
Mai, als die beiden Grafen Friedrich von Beichlingen, Vater und
Sohn, 3 Hufen Landes zu Hermenstete (wüst Hermstedt bei Franken=
hausen, eine Mühle heißt noch nach dem eingegangenen Orte, vgl.
Müldener, Hist. Nachrichten von dem Kloster S. Georgii zu Franken=
hausen, S. 159) dem Kloster zu Kelbra zueignen. Vgl. Leuckfeld,
148 f. und Müldener, Anecdota quaedam Rotlebiensia p. 4. Christian
Luppin tritt noch zweimal als Zeuge auf.   1311, den 11. Februar
bekennt Heinrich, Markgraf von Brandenburg und Landsberg, daß
er „die Eigenschaft" der Stadt und des Hauses zu Sangerhausen
dem Erzbischof Burchard von Magdeburg und seinem Stifte willig=
lich und gänzlich gegeben habe.   Dies bezeugen seine getreuen Ritter
und Knechte, Herr Burchard von Morungen, Herr Wipbold, Herr
Heinrich Dinckgreve, Herr Heinrich von Sangerhausen, Herr Heinrich
von Leinungen, Herr Ernst von Röblingen, Kristianus Lupyn, unse
Marschalk, Göte, der Vogt zu Sangerhausen, und alle Ratsleute.
Vgl. Gercken l. c. 4. 453 und Riedel, Cod. dipl. Brandenb. B.
1, 304 f. Es ist hiernach dem Christian Luppin gelungen, in
dem Dienste eines andern Herrn, des Markgrafen Heinrich, welcher
den Beichlinger Grafen an Macht und Ansehen weit überlegen
war, sich eine ehrenvolle Stellung zu erringen.   1312, den 4.
Mai begegnen wir ihm zum letzten Male.   Die Gebrüder
Heinrich und Friedrich von Heringen und ihre Vettern Busse und
Hermann verkünden, daß sie an Bruder Markward von Röblingen
und an die Brüder vom deutschen Hause 6 Hufen Landes und
3½ Acker Gras und 6 Höfe zu Röblingen nebst dem Streitholz
verkauft haben; des sind Gezeugen: Herr Kerstan Luppin, Herr
Heinrich von Leinungen, Herr Heinrich von Morungen, die ehrsamen
Ritter, dazu Heinrich von Liebenrode, Friedrich von Bennungen,
Lamprecht von Röblingen, Tylo von Sotterhausen und Tunkel
von Röblingen, die ehrhaften Knechte. Vgl. Mencke, Script. rer.
germ. 1, 780. Nr. 20.
    Ehe Christian Luppin aber von dem Schauplaß abtritt, tritt ein
anderer Luppin schon wieder auf.   Heinrich heißt dieser. 1312, den
12. Januar eignen die Gebrüder Friedrich und Heinrich von Rosla

samt den Brüdern Hermann, Reinhard und Kunemund, ihren Vettern, und Kunemunds Sohn Friedrich 10 Acker zwischen Kelbra und der Numburg dem Kloster Walkenried zu; unter den Zeugen, von denen die ersten Ritter heißen, erscheint in der zweiten Reihe als letzter, also als Edelknecht, Henricus dictus Luppin (U.=B. von Walk. 2, 84. Nr. 730). 1323, den 12. Mai begegnen wir diesem Heinrich Luppin wieder als Zeugen, da Graf Gerhard von Beichlingen dem Kloster zu Kelbra 4 Hufen, 1 Hof und 1 Wiese daselbst zueignet. Vgl. Leuckfeld. S. 150. Er wird wohl auch der Luppin sein, dessen Vorname in der dem thüringisch=sächsischen Vereine gehörenden Urkunde von dem 21. Juni 1329 nicht mehr zu lesen ist, welcher dem Grafen Friedrich von Beichlingen und seinen Vettern, den Gebrüdern Friedrich, Albert und Gerhard, die Schenkung des Konrad von Tyrberch — 2½ Marktscheffel jährlichen Weizenzinses von Ustrungen — bestätigen hilft. Als Zeugen erscheinen Olricus de Lybenrode, miles, — Luppin — Fridericus de Berge — Tramme, Gernodus. 1333, am Sonntag Oculi, d. i. am 7. März, bezeugen dieselben Beichlinger Grafen, daß Heinrich Luppin 1 Hufe in dem Thüringer Felde selbst dem Kloster geschenkt habe. Vgl. Leuckfeld. 152 f. Hiermit verschwindet dieser Heinrich Luppin, der wohl ein Sohn Friedrichs, des Bruders des Marschalks Christian, gewesen ist, denn der letztere, welcher erst 1292 auftritt, erscheint mir zu jung für einen schon 1312 als Zeugen dienenden Sohn, ganz aus unsern Augen; fast gewinnt es den Anschein, als ob er, der mit Glücks= gütern gar nicht so reich gesegnet war, durch jene sehr bedeutende Gabe an das Kloster Kelbra sich einen Zugang zu dem Himmel bahnen wollte, da er merkte, daß sein Leben zu Ende gehe. 1337, den 1. November beglaubigt unter andern Zeugen ein Heinricus dictus Luppin, famulus, die Erklärung des Propsts Johannes von Kelbra, daß Nikolaus von Badere allen Ansprüchen auf eine Hufe daselbst zu Gunsten von Walkenried entsage. (U.=B. von Walk. 2, 173. Nr. 878.) Es könnte dieser Heinrich am Ende mit dem obigen Heinrich identisch sein, allein es ist doch besser, ihn für einen Neffen desselben zu nehmen, denn 1342, den 23. März (vigilia palmarum) schenken Friedrich Luppin und sein Sohn Heinrich dem Kelbraer Kloster einen Weinberg zu Nottleben, was Heinrich von Biesenrode, Heinrich von Schlotheim, Hermann von Bennungen, Ulrich von Diemerode und sein Bruder Heinrich und Albert von Tütcherode beglaubigen. (Leuckfeld. S. 153 f; Müldener, De fam. ill. Lup. p. 6.) Es empfiehlt sich unter diesen Verhältnissen mehr, den Friedrich Luppin, welcher nur dieses einzige Mal auftritt, als einen Bruder des bald nach 1333 ver= storbenen Heinrich zu betrachten und in seinem Sohne Heinrich den letzten dieses Zweiges des Luppinschen Stammes, der den Namen nicht änderte, zu erkennen.

Es würde sich nach dem Gesagten folgender Stammbaum ergeben:

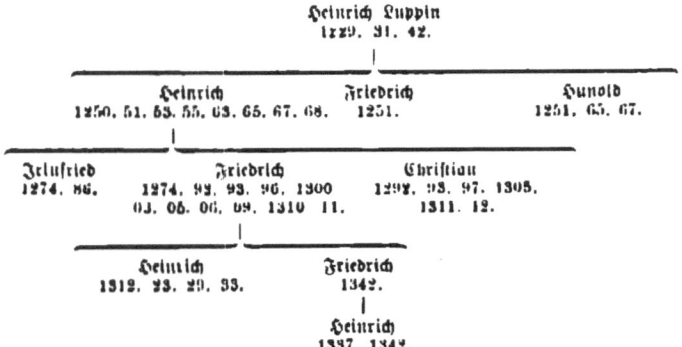

Nachträglich bemerke ich zu diesem Stammbaume, daß ich nur die Urkunden benutzt habe, in welchen die Luppine bei ihrem Familien= namen und nicht nach ihren dermaligen Sitzen genannt werden. Will man die Geschlechtsangehörigkeit aus dem Vornamen und dem Wohnorte beweisen, so kann man sich außerordentlich irren. Sollte man nicht glauben, daß der Henricus de Rotenborg, welcher 1268, den 27. Februar mit andern Männern von der Rothenburg und aus Kelbra als Zeuge in einer Urkunde des Grafen Friedrich von Stolberg (U.=B. von Wall 1, 258 f. Nr. 392) erscheint, der Heinrich Luppin sei, dessen Existenz für die Jahre 1250—1268 feststeht? Und doch ist er nicht dieser Heinrich Luppin, denn in der schon oben angeführten Urkunde des Grafen Friedrich von Beichlingen vom 25. Februar 1268 wird neben Heinricus Lupin, nur durch Hunoldus von ihm geschieden, derselbe Heinricus de Rotenbure angetroffen. (U.=B. von Wall. 1, 255 Nr. 389.) Die größte Zurückhaltung und Vorsicht thut deshalb not, nichtsdestoweniger trage ich kein Bedenken, mit Mülverstedt (diese Zeitschrift 4, 68) den Hunold von Kelvera, welcher in der Urkunde von dem 27. Febr. 1268 — zwischen Ludwig Spegel und dem erwähnten Heinrich von Rodenborg stehend — als Zeuge dient, für einen Luppin, und zwar für den auch sonst bezeugten Bruder Heinrichs und Friedrichs Luppin zu erklären, da der Name Hunold unter den an dem Kyffhäusergebirge gesessenen Geschlechtern nicht häufig vorkommt. Es könnte auch der Henricus de Kelbera, welcher 1322, den 21. November die Urkunde mit unterfertigt, laut welcher der Ritter Albert von Herbsleben, der als Amtmann (officialis) des Landgrafen Diezmann dem Kloster Walkenried schweren Schaden zugefügt hat, Ersatz leistet und unter andern Grundstücken auch zwei Hufen zu Rossnugen (wüst bei Himmelgarten in der Nähe von Nordhausen, vgl. Festschrift unsres Vereins 1870 S. 23) überweist, mit Heinrich Luppin, dem vorletzten dieses Namens, eine Person sein, da in den Urkunden, in welchen Heinrich Luppin zeugt, nie ein Heinrich von Kelbra angetroffen wird. Für unsern Zweck reicht der aufgestellte Stammbaum des luppinschen Geschlechtes vollkommen aus.

Über die Person des Minnesängers kann kein Zweifel mehr obwalten. Das thüringische Geschlecht der Luppine kennt nur einen einzigen Christian, welcher von 1292 bis 1312 sich urkundlich nachweisen läßt. Damit ist freilich Tittmanns Angabe in seiner Geschichte Heinrichs des Erlauchten, 2, 91, nicht vereinbar, daß Christian von Luppin und Heinrich von Hetzbolt von Weißensee in der Mitte des dreizehnten Jahrhunderts gelebt hätten. Wir haben alle Achtung vor Tittmann, in seiner Schrift über Heinrich benutzt er in mustergiltiger Weise das Archiv, dessen Vorsteher er war, allein er unterläßt es, seine Behauptung durch Hinweis auf ihm zugängliche Urkunden zu stützen; er behauptet also etwas, was er nicht erwiesen hat und auch nicht erweisen kann. Adelung hätte Tittmann schon auf andere Gedanken bringen können; derselbe sagt nämlich im Chronologischen Verzeichnis der schwäbischen Dichter S. 170, daß Christian Luppin in den Jahren 1276 bis 1300 gelebt habe; woher er das weiß, verrät er uns leider nicht, er kommt aber der Wahrheit sehr nahe. Hagen läßt sich auf eine nähere Zeitbestimmung gar nicht ein, nur das eine spricht er mit aller Entschiedenheit aus, daß Luppin „der besten Zeit des Minnesanges" angehörte. (Minnesinger. 4, 315.) Auffallend ist es, daß er den Umstand nicht in Betracht zieht, sondern nur einfach anmerkt, daß mit den Liedern Luppins in der Manneſſiſchen Sammlung wieder eine neue Reihe von Nachträgen beginnt (l. c.) Bilden diese Lieder eine Art von Anhang, so wird dadurch die Vermutung erweckt, daß sie auch nicht aus dem Anfange, ja nicht einmal aus dem goldenen Zeitalter des Minnegesangs stammen; was Lachmann, Haupt, Bartsch und andere gleichfalls anerkennen, welche ohne Umstände den allein aus der Urkunde von 1305 ihnen bekannt gewordenen Christian Luppin für den Verfasser halten. Hagens Aussage legt ein äußerst rühmliches Zeugnis ab für den frischen Duft und die urwüchsige Natur dieses Blumenkranzes unsres Dichters.

Christian Luppin war der jüngste Sohn Heinrich Luppins, welcher 1263 Burgmann des Grafen von Beichlingen auf der demselben zuständigen Rothenburg war, seine Mutter war eine Schwester des Grafen Goswin von Kirchberg, ihren Namen können wir nicht ermitteln. Goswin hatte nach einer Urkunde seines Vaters von 1236 (vgl. oben S. 192) 3 Schwestern: Lucharde, Mechtilde und Berchta; wie viele von diesen heirateten, wissen wir nicht, zwei aber auf jeden Fall, wie die Urkunde vom 28. April 1293, von der oben die Rede war, beweist; aus derselben dürfte wohl geschlossen werden, daß, da Friedrich und Christian Luppin zuletzt stehen, ihre Mutter die letzte Tochter Goswins war, welche in die Ehe trat. Zwischen 1260 und 1270 mag Christian geboren sein; man muß eben zwei Punkte ins Auge fassen: 1. daß sein Vater 1268 das letzte mal und er selbst erst 1292 das erste mal auftritt. Über den Ort seiner Geburt können wir nichts sagen; schwerlich aber haben ihm die hohen Bäume der Rothenburger Waldungen das Wiegenlied gesungen, denn, wie die Ruinen der Burg den Besucher überführen, waren die Wohnräume der zahlreichen Burgmannen außerordentlich beschränkt. Kelbra hat wohl eher Ansprüche zu erheben, dort gab es, wie die Urkunde des Grafen Friedrich des Jüngern von Beichlingen vom 5. August 1272 (U.-B. von Walk. 1, 272 f. Nr. 413) darthut, mehr als einen Rittersitz, welchen die Besitzer Kelbras und der Rothenburg an ihre tapferen Mannen ausliehen. Werden doch hier als Zeugen aufgeführt: Henricus Girbuch, Hunoldus, Heino et Ludewicus Spigil, milites de Kelbern. Lange hat Christian sich seines Vaters nicht erfreut: die Mutter blieb ihm wohl länger erhalten, sie, die Grafentochter, lehrte ihm von frühe auf Anstand und feine Sitte. Der ältere Bruder Friedrich war gewiß sein Lehrmeister in allen ritterlichen Künsten und Tugenden; in dem Hause und Gefolge des Grafen von Beich= lingen, seines hochangesehenen Lehnsherren, that er wohl die ersten Schritte in das Leben. Wir können ihn leider auf seinem Lebens= wege nicht verfolgen. Wie weit er herumgekommen ist, wer will es jetzt noch sagen: er singt 2, 3 von seiner Geliebten, welcher er eine Liebesbotschaft hatte zugehen lassen,

> so wart enprant
> von mir der Rin mit allen,

berechtigt uns aber dieser Vergleich zu der Annahme, daß er mit seinen eigenen Augen den Rhein geschaut habe, als derselbe hoch ging und seine wilden Gewässer schäumten und brausten? Es ist eine auch bei Andern vorkommende sprichwörtliche Redensart und weiter nichts. Wann, wo und wie der Gott der Liebe mit seinem Pfeile sein Herz verwundete, was den Gott des Gesanges veranlaßte, ihm die Harfe in die Hand zu drücken, läßt sich ebensowenig mit Bestimmt= heit sagen. Ich wage jedoch einige Vermutungen. Daß die erste Liebe nicht sehr spät in Christian Luppins Herzen aufflammte, dürfen wir aus seinen Liedern ganz gewiß schließen. Der Stil ist der Mensch: wie frisch, wie lebendig, wie tief und starkbewegt sind nicht alle seine Lieder, die Seele dieses Dichters muß leicht erregbar, höchst beweglich und feurig gewesen sein. Die Lieder, das merkt ein Jeder ihnen gleich an, sind keine dichterischen Versuche, weder in dem Sinne, als wenn sie bloße Übungen in dem dichterischen Stile wären, was wir bekanntlich nicht von allen Minneliedern behaupten können, noch in dem Sinne, als wenn sie die ersten Lieder seien, welche Christian Luppin überhaupt gesungen hat. Sie zeigen einen Dichter, welcher die ersten ungelenken Versuche schon längst gemacht hat, so gewandt und leicht sind sie, und das Feuer, welches in ihnen brennt, ist derartig, daß es nicht von einer noch so sehr erhitzten Phantasie entfacht sein kann. Die ersten Versuche sind dem Untergange nicht entgangen; die schönsten Blüten dagegen haben sich zu unsrer Freude erhalten. Die so heiß Geliebte dürfte wohl eher als in den ebenbürtigen Geschlechtern in einem höheren Hause zu suchen sein, darauf möchte die vorsichtige Weise hindeuten, wie er ihr seine Botschaft zugehen läßt, wie andererseits der gewaltige Zorn, in welchen sie wegen seiner Kühnheit gerät, und das so wechselvolle Verhalten, denn bald winkt und grüßt sie mit den lichten Augen und bald verschmäht sie ihn völlig. In die Zeit, da Christian Luppin den Grafen von Beichlingen seine ritterlichen Dienste weihte, werden diese sieben Lieder gelegt werden müssen; mit den Sängern in seinen heimatlichen Wäldern mag er manchen schönen Maientag um die Wette von der Liebe Lust und Leid gesungen haben. Wir finden ihn an dem Abend seines nicht allzu langen Lebens in einer Ehrenstellung an dem Hofe des Markgrafen Heinrich von Brandenburg und von Landsberg, er ist sein Marschalk. Er ist also nicht bloß ein gewandter Dichter, sondern auch ein tüchtiger Reitersmann. Dieses Amt spricht für die ritterlichen Tugenden und die höfischen Sitten, welche er besaß, sowie für seinen Dichterruhm. Die Höfe der Fürsten liebten es ja, Dichter an sich zu ziehen und zu binden. Um nicht zu weit auszuholen, verweise ich nur auf den Hof des hochberühmten Landgrafen Hermann von Thüringen und auf den Hof Heinrichs des Erlauchten, des Markgrafen von Meißen und im Osterlande, welcher selbst unter den Minnesängern eine hervorragende Stelle einnimmt. Sein Herr, der Markgraf Heinrich von Brandenburg, hatte von dem Landgrafen Albrecht dem Unartigen die Markgrafschaft Landsberg und Sangerhausen 1291 erkauft, Christian Luppin blieb also mit seiner Heimat und Verwandtschaft fortwährend in der engsten Verbindung. Bekanntlich starb der Markgraf 1317; ob der Minnesänger seinen Herrn und Gönner überlebte, kann ich nicht melden. Er starb, wenn auch nicht in dem Besitze seiner Geliebten, so doch in Ehren und mit dem Lorbeer eines Dichters geschmückt.

An Christian von Luppin reiht v. d. Hagen in seinen Minnesingern (Thl. 2, 22 ff. Nr. 74) Herrn Heinrich Hezbolt von Wizense: folgende 8 Gedichte enthält die Manessische Sammlung.

I.

1. Könd' ich erwerben
ein lachen dur zart,
so waere bewart
min sendez ungemach:

Ich muoz verderben,
si enwelle also
mich machen vro,
der ich daz beste ie sprach:
Daz wacre an vröuben ein vröulicher vunt.
z'war', solt' ich sterben,
saehe ich den munt
noch z'einer stunt,
ich würde (wol) gesunt.

2. Helfet an laffe
daz vröuwelin,
ir liehten schin,
sioer kan versinnen sich!
Ja entau geschaffe
niht als min sank:
wer seit ir dank,
ob sie verderbet mich?
Des ist min herze von sorgen beswert,
ich tumber affe,
bin hiur' unwert
vil me, dan vert,
sit daz si min niht gert.

3. Swenn' ich vereine,
so wünsch' ich ir
unt da bi mir,
daz uns liep geschehe;
Ez schat ir kleine,
daz mir sanfte tuot;
jast si doch guot,
des wil ich ihr jehe,
Gegen ir ist ze ringe der Kriechen golt;
zart lieb, aleine
ich bin dir holt,
uf richen solt
dir singet Hezzebolt.

II.

1. Nu wünschet alle der suezen,
daz si mich noch meine
in der liebe, als ich si,
Unt daz ir löslich(e)z gruezen
mich doch twinge aleine:
des wünschet ouch mi.
Swenne ich ir wangen
bedenke unt ir munt,
so hat mich gar z'ir gevangen
diu vil zarte, reine:
mir wart vröube enzunt.

2. Ich sach ir munt sam ein rose,
swer des kunde warten
an ir wengelin,
Da brach dur wiz rot so lose,
daz ich tet unreht: hopfegarten
nant' ich gruebelin.
vor sendem smerzen
wart min vröude ganz,
sie hiez ie trut in dem herzen,
die vile daz wir sparten
der schoene glanz.

3. Seht an ir munt, in ir ougen,
pruevet ir kinne,
unt merket ir kel,
Der ich muoz iemer vil tougen.
lib unde sinne
an ir genade bevel;
Diu ist an' ende
gewaltik nu min,
ich valde ir herze unde hende:
genade, keisaerinne,
ich muoz bin eigen sin!

III.

1. Ouwe mins herzen, daz twinget diu sueze!
wer mak gebueze
so gar senden pin?
Neina, min zertel, la dich noch erbarmen
mich senden armen,
tuo mir helfe schin!
Mir ist verswunden
gar helfe unde trost,
ich bin mit blikken so vaste gebunden,
alsolcher wunden
wart ich noch nie erlost.

2. Waz solt' ein wip also zart, si entwünge,
daz man doch sünge
vil ir werdekeit?
Waz solt' ein munt also rot, ein' lache,
da von doch swache
vil sorge unde leit?
Waz solden wangen
so gar rose var,
siu enheten vriunde den muot so bevangen,
daz in erlangen
doch muest' aber dar.

3. Swa gnade wont, seht, da sol man si suochen:
wil si's geruochen,

der wart' ich al da.
Man sol die schoen' niht loben ane guete;
Got si behuete,
die sint ir vil na.
Muest' ich ir künde
noch gar minen muot,
so enwart uf erbe nie groezlicher sünde,
daz liep gen vründe
niht vriuntlich tuot.

IV.

1. Wa nu zarte blikke,
senfter gruoz,
der mich muoz vröuwen?
Und in liebe[n] strikke
mit gewalt,
manitvalt vröuwen
Aht' ich gar ze ringe:
ich trure, ich lache, ich singe;
doch wil ein wip
minen lip twinge.

2. Diu ist so gar ein vrouwe
reiner zuht,
suezer vruht baere,
Und in solcher schouwe
vröuden sin:
nu wol hin, swaere!
Ich sach unbetwungen
rot durch wiz gedrungen
lachelich;
des muoz ich jungen.

3. Swer wil sorge kreuken,
der sol han
lieben wan gerne:
Mir hat liep gedenken
daz herz' hin
sunder sin verne;
Daz hat vröub' an' ende:
hie ist der lip ellende,
merket, wie:
sus kan sie pfenbe.

V.

1. Ich enwart nie halp so vro,
mir vert in sprunge
daz herz' unt der muot,
daz ist in lüsten ho,
der lip muoz junge;
swer der meijen bluot
Unt durch bluomen singet,
der hat vröube ganz,
der trag' ir liehten kranz:
min herze twinget
der schoene glanz.

2. Gruoz ist min hoechster trost,
gruoz der kan machen
mich vil senden rich;
Gruoz hat mich sorg' erlost,
darnach ein lachen
gar dur siuberlich.
Ach, swem ir gruezen
wirt durch roten munt,
dem kan ez sa zestunt
den lip durchsuezen,
daz er wirt gesunt.

3. Ich sich vil munde rot,
daz ist ein wunder,
die tuont mir niht vri
Min herz' uz senden not;

ez stet darunder, —
wie mak dem gesi? —
Min herze in schrille.
Sist min leit vertrip;
wirf an mich, suezer lip,
vil zarter blikke
unt sprich: „vro belip!‟

VI.

1. Wa nu min vrouwe?
wa mak man schouwe
der schœnen glanz?
Wa nu ir lachen,
wa kan sie machen
vil vröude ganz?
Wa lieplich stunde?
der denk' ich doch mir.
Wa al min wunne,
wa herzen sunne?
allez an ir.

2. Si ist trut genennet,
sie ist trut erkennet,
tar ich des jehen,
Trut, gar an' ende
trut, vröude sende,
la triuwe sehen.
Trut, liebe, reine,
ich wünsch' iemer din,
trut, ich dich meine,
trut gar aleine
des herzen min.

3. Si kan mich twingen,
ich muoz ir singen
dur liebe vil;
Sie kan muot steigen,
ich bin ir eigen,
ob si daz wil.
Ja enwirdet niemer
so gar saelik wip,
sie wendet kumber,
ich wünsch' ir tumber
min selbes lip.

VII.

1. Wol mich der stunde!
von rotem munde
mir liep geschach,
Den sach ich machen
ein zartez lachen,
des ich do jach,
Ir mundes vreche,
daz stellet sich,
als ez vünvin spreche,
gar dur siuberlich.

2. Ach, swer daz luste,
z'war', den geluste
vröud' ane not,
Sin lachen lose,
ez enwart nie rose
nie halp so rot.
Kel unde hende
wizer danne ein sne.
liep trut an' ende,
wes tuostu mir we?

3. Wiltu mich twinge,
dur daz ich singe
dir offenbar?
Troeste mich eine,
sit ich dich meine
mit triuwen gar.

Min zukkertrukkin,
tuo mir helfe schin,
trut herzen trukkin
ja bin ich bin.

VIII.

1. Nu ist mir al der muot geringe,
sit mich gruost' ir mündelin.
Ach, daz mal mir vröude bringe,
könt' ich nach dem willen min
An ime mich gerechen,
seht, so waer' ich vröuden rich;
daz stet, als ez welle sprechen:
„ja, truz, wer tar küssen mich?"

2. Got, die triutelichen kroene,
daz ir niemer leit geschehe.
Ich lob' an ir vremde schoene,
der muoz ich ir iemer jehe:
Ein mündel alse vreche
sach ich nie so siuberlich,
daz stet, alsam ez spreche:
„ja, truz, wer tar küssen mich?"

3. Zart liep, la mich dich erbarmen,
mache mich noch sorgen vri!
Muest' ich noch mit blanken armen
vroelich ümbevangen si
Gar von guoten wibe,
so waer' ich in vröuden ganz:
swie vil ich baz an si getribe,
so si'z doch der schoene glanz.

Diese Lieder des Herrn Heinrich Hetzbolt von Weißensee stehen den Gesängen seines Landsmannes, des Herrn Christian Luppin, durchaus nicht nach. Auch seine Sprache ist rein, gewandt, leicht und bewegt und verrät, wenn der Abschreiber auch manches Eigentümliche verwischt hat, den Thüringer, denn das Thüringische ließ sich nicht leicht an allen Stellen ausmerzen; es mußte da, wo es zum Reime gehörte, beibehalten werden, wenn nicht das ganze Kunstgefüge beschädigt werden sollte. Wir begegnen bei ihm häufig einem Infinitiv ohne n: so reimt er 1, 2 kaffe und geschaffe und Str. 3 geschehe und jehe; 3, 1 sueze und gebueze; 4, 1 ringe, singe, twinge; 4, 3 ende, ellende und pfende; 5, 3 vri und gesi, und 8, 1 geringe und bringe, er verwirft den Infinitiv mit einem n aber nicht, siehe 8, 1, wo gerechen und sprechen und Str. 3, wo erbarmen und armen den Reim bilden. Der Dichter liebt solche Abwechselung in den Formen, so gebraucht er mi 2, 1, wo sich si darauf reimt, statt mir, was 1, 3 im Reime zu ir steht, und 6, 1, wo mir und ir den Reim ausmachen. Ebenso bedient er sich bei Verkleinerungen der

beiden Endungen kin und lin: so nennt er seine Geliebte 7, 3 min
zukkertrukkin[1], — was v. d. Hagen 4, 317 gleich Zuckertrutkin (Zucker-
traut) fassen will; mir kann aber der Übergang des t in das k nicht
gefallen, und ich leite deshalb krukkin lieber von kruog (der Krug) ab, —
und preist 2, 2 die wengelin und die gruebelin derselben. Als
ächter Thüringer sagt er gelegentlich für stunde, das er 7, 1 im
Reime zu munde hat, wie 6, 1 stunne, denn wenn auch in dem
Manessischen Coder stunde gelesen wird, so hat es ursprünglich doch
ohne Zweifel stunne gelautet, reimt sich doch darauf wunne und
sunne, und für alles wie 1, 2 kurzweg als. Es dürfte sich hierauf
auch 6, 3 zurückführen lassen, wo im Originale nicht niemer, sondern
number gestanden haben muß, da tumber und tumber sich darauf
bezieht. Im Reime zeigt sich Hetzbolts Meisterschaft, sie kommen
wie von selbst und treten häufig noch als Binnenreime ohne Zwang
und Künstelei hervor. Das Lied Nr. 4 ist in diesem Punkte
mustergültig, in allen 3 Strophen finden sich in der dritten, sechsten
und zehnten Zeile solche Reime, vgl. gleich Str. 1.

> Wa nu zarte blikke
> seufter gruoz,
> der mich muoz vröuwen?
> Und in liebe[n] strikke
> mit gewalt,
> manikvalt vröuwen
> Aht' ich gar ze ringe:
> ich trure, ich lache, ich singe;
> doch wil ein wip
> minen lip twinge.

Die meisten Lieder sind jambisch, nur Nr. 4 und 8 sind trochäisch.
Die Verszeilen sind meist kurz und haben, was mit dem Inhalte
vortrefflich übereinstimmt, vielfach etwas hüpfendes und springendes,
was durch eingestreute Daktylen erreicht wird. Der Dichter kann
nicht anders singen, er bekennt 5, 1 selbst:

> Ich enwart nie halp so vro,
> mir vert in sprunge
> daz herz' unt der muot,
> daz ist in lüften ho,
> der lip muoz junge.

Alle 8 Lieder Hetzbolts gelten seiner Heißgeliebten. Und wie er
sich selbst mit Namen nennt, vgl. 1, 3,

> zart lieb, aleine
> ich bin dir holt,
> uf richen solt
> dir singet Hezzebolt;

---

[1] Das korrespondierende trukkin nimmt Hagen als Abform von trutchen;
besser möchte es wohl sein, es mit Truhe in Verbindung zu bringen. Die
Geliebte ist die Truhe, der Schrein, darin sein Herz ruht.

so vertraut er uns auch), romanischen Vorgängern folgend, in ver=
steckter Weise den Namen seiner Holden an. Ihr Rufname endete
sich ganz offenbar auf trut: er spielt darauf an und spielt damit
ganz säuberlich und niedlich. So singt er 2, 2:

> sie hiez ie trut in dem herzen. —

> 6, 2: si ist trut genennet,
> si ist trut erkennet,
> tar ich des jehen,
> Trut, gar an' ende
> trut, vröude sende,
> la triuwe sehen.
> Trut, liebe, reine,
> ich wünsch' iemer din,
> trut, ich dich meine,
> trut gar aleine
> des herzen min. —

> 7, 2: liep trut an' ende,
> wes tuostu mir we? —

> u. Str. 3: trut herzen trutkin
> ja bin ich din.

> 8, 2: Got, die trintelichen kroene,
> daz ir niemer leit geschehe.

Die Endsylbe des Namens lautete trut: die Vorsylbe wird ver=
schwiegen, doch legt 2, 2 die Vermutung außerordentlich nahe, daß
vor trut ein ger gehört; unterscheidet der Thüringer heutigen Tages
doch kaum Jot und Ge von einander bei dem Sprechen. Der
Familienname Gertrud scheint mir auch von Hezbolt angedeutet zu
sein. Hagen bemerkt 4, 317 zu 2, 2:

> Ich sach ir munt sam ein rose,
> swer des kunde warten
> an ir wengelin,
> da brach dur wiz rot so lose,
> daz ich tet unreht: hopfegarten
> nant' ich gruebelin,

daß er keinen Sinn in dem Hopfegarten finde. Er schließt nur
aus dieser Vergleichung, daß der Dichter nicht in einem Weinlande
wohne, sondern in einer Gegend, da Hopfenbau getrieben wird, und
macht darauf aufmerksam, daß diese Verszeile mit dem Hopfegarten
mit der entsprechenden Reimzeile nicht stimmt, sondern drei Sylben
zuviel hat. Bei einem so kunstgerechten Dichter wie Hezbolt ist
diese Abweichung unerklärlich: ich lege sie dem Abschreiber zur Last.
Ist die Vermutung zu gewagt, daß der Dichter sang:

> daz ich hopfegarten
> nant' ir gruebelin,

und daß der Abschreiber, welcher möglicherweise an dem Rande der
Urschrift zu „daz ich hopfegarten" die Bemerkung vorfand: „tet un=
reht," diese Worte mit in den Vers hereinnahm und aus dem ir

in der folgenden Zeile flugs ein ich machte? Der kühne Vergleich
der Grübchen in den Wangen seiner Gertrud mit einem Hopfgarten
ist wohl dadurch allein gerechtfertigt, daß Gertrud eine geborene
Hopfgarten war; sie hieß von hausaus so, wie er sie nannte. Die
Familie von Hopfgarten blühte nachweislich schon in dem dreizehnten
Jahrhunderte in dem Thüringerland[1]; ein Heinrich de Hophgarten
tritt als Zeuge auf 1289, den 2. März[2], und 1300, den 20. Oktober[3],
sowie 1302, den 28. April bei dem Landgrafen Theoderich dem
Jüngeren von Thüringen[4]. Wichtiger aber ist unstreitig die Urkunde
der Markgräfin Helena von Landsberg von 1293, den 1. Juni, in
welcher sie auf ihre Ansprüche an gewisse Güter zu Witthershitt
supra Wetam (das Dorf Wetterscheidt an der Wethau im Naum-
burger Kreise) verzichtet und einen darüber abgeschlossenen Vertrag
zwischen Heinrich, dem Ritter, genannt Hopfgarthen und den Testa-
mentsvollstreckern des Domherrn Gebhard zu Naumburg bestätigt[5],
denn wir erfahren aus derselben, daß die Familie von Hopfgarten
in der Nähe der thüringischen Bischofsstadt Güter besaß. Einen
andern von Hopfgarten lernen wir aus 2 Urkunden von 1305 kennen.
Den 27. März unterfertigt ein Albert de Hofgartin einen Verkaufs-
brief des Grafen Otto von Orlamünde[6] und den 22. September
eignet er gemeinschaftlich mit seinen Brüdern Hermann und Dietrich
dem Kloster zu Oberweimar Güter in dem Dorfe Hopfgarten (zwischen
Weimar und Erfurt gelegen) zu[7]. Dieser Albert von Hopfgarten
ist wohl mit dem Albert von Hopfgarten identisch, welcher 1321 in
der Urkunde des Dekans von Jechaburg erscheint als Zeuge, daß
die Gebrüder Hermann und Sigfried von Ottenhausen dem Kloster
daselbst 1½ Hufen Landes verkauft haben[8]. Wir sehen aus diesen
Urkunden, daß die Familie von Hopfgarten in der Umgegend von
Weißensee ansässig war, sodaß eine Tochter dieses Geschlechtes leicht
mit Hetzbolt von Weißensee bekannt werden konnte, sind aber nicht
imstande anzugeben, ob es damals eine Gertrud von Hopfgarten
in Wirklichkeit gab, und zu bestimmen, welchem Zweige dieses Hauses
sie angehörte. Uns genügt schon zur Stützung unsrer Vermutung
der Nachweis, daß eine Bekanntschaft eines Weißenseers mit einer
Hopfgarten höchst wahrscheinlich ist.

[1] So erscheint als Zeuge bei dem Landgrafen Albrecht dem Unartigen
wiederholt ein Sifried von Hopfgarten; 1267, den 13. April (Mencke. 3, 1134),
1269 (Wegele, Friedrich der Freidige. 383) und 1270, den 30. April (Mencke.
2, 915). [2] Schöttgen u. Kreysig, Dipl. et script. 2, 208. [3] Ebenda.
2, 220. [4] Wille, Ticemannus, Urkundenbuch. 162. Nr. 27. [5] Neue
Mitteilungen des thür.-sächsischen Vereins 3, 2, 79 u. Lepsius kleine Schriften
2, 261. [6] Rein, Thuringia sacra 1, 111. [7] Urkunde im Staatsarchive
zu Weimar. [8] v. Hagke, Urkundl. Nachrichten über die Städte, Dörfer und
Güter des Kreises Weißensee. 528.

Diese mutmaßliche Gertrud von Hopfgarten ist die einzige, die ganze Liebe des Dichters; sein Herz hat nie für eine andere geglüht, sie ist seine erste und letzte Liebe.

> Ich sich vil münde rot,
> daz ist ein wunder,
> die tuont mir niht vrl
> Min herz' uz sender not;
> ez stet darunder —
> wie mal dem gesi'? —
> Min herze in schrille.　(5, 3.)

> Wiltu mich twinge,
> dur daz ich singe
> dir offenbar?
> Troeste mich eine,
> sit ich dich meine
> mit triuwen gar.
> Min zuckerkrukkin,
> tuo mir helfe schin,
> trut herzen krukkin
> ja bin ich din.　(7, 3.)

Er versichert ihr 1, 3:

> zart lieb, aleine
> ich bin dir holt,
> uf richen solt
> dir singet Hezzebolt,

und uns (ebenda):

> gegen ir ist ze ringe der Kriechen golt.

Sie hat ihn ganz bezwungen, in Liebesstricke gebunden und zu ihrem Diener gemacht und alle seine Sinne und Gedanken sind auf sie gerichtet, sie ist seine unbestrittene Herrin und Kaiserin.

> Quwe mins herzen, daz twinget diu sueze!
> wer mal gebueze
> so gar senden pin?
> Neina, min zartel, la dich noch erbarmen
> mich senden armen,
> tuo mir helfe schin!
> Mir ist verswunden
> gar helfe unde trost,
> ich bin mit blikken so vaste gebunden,
> alsolcher wunden
> wart ich noch nie erlost.　(3, 1.)

> Mir hat liep gedenken
> daz herz' hin
> sunder sin verne.
> Daz hat vröub' an' ende:
> hie ist der lip ellende,
> merket, wie:
> sus kan sie pfende.　(4, 3.)

Wa un min vrouwe?
wa mak man schouwe
der schoenen glanz?
Wa un ir lachen,
wa kan sie machen
vil vröude ganz?
Wa lieplich stunde?
der denk' ich doch mir.
Wa al min wunne,
wa herzen sunne?
allez an ir. (6, 1)

Und:

Si kan mich twingen,
ich muoz ir singen
dur liebe vil:
Si kan muot steigen,
ich bin ir eigen,
ob si daz wil.
Ja enwirdet niemer
so gar saelik wip,
si wendet tumber,
ich wünsch' ir tumber
min selbes lip. (6, 3.)

Lib unde sinne
an ir genade bevel;
Din ist an' ende
gewaltik un min,
ich walde ir herze unde hende:
genade, keisaerinne,
ich muoz din eigen sin! (2, 3.)

Schöneres giebt es nichts in der Welt als die Geliebte; sie ist seine
Maienlust. Es heißt 5, 1:

Swer der meien bluot
Unt durch bluomen singet,
der hat vröude ganz,
der trag' ir liehten kranz;
min herze twinget
der schoene glanz.

Ihre strahlende Schönheit hat nicht ihresgleichen. Er fordert
1, 2 auf:

helfet an lasse
daz vröuwelin,
ir liehten schin,
swer kan versinnen sich!
Ja enkan geschaffe
niht als min saul!

Er sagt uns 4, 2:

din ist so gar ein vrouwe
reiner zuht,

suezer vruht baere,
Und in solcher schœuwe
vröuden sin.

Alles an ihr ist schön: die Augen, die Wangen, der Mund, der Hals und die Hände. Er bekennt (2, 1):

Swenne ich ir wangen
bedenke unt ir munt,
so hat mich gar z'ir gevangen
diu vil zarte, reine:
mir wart vröude enzunt.

Er ruft weiterhin (2, 3):

Seht an ir munt, in ir ougen,
pruevet ir sinne
unt merket ir kel,
Der ich muoz iemer vil tougen.

Die Wangen sind weiß und rot und haben Grübchen.

an ir wengelin
Da brach dur wiz rot so lose,
daz ich hopfegarten
nant' ir gruebelin. (2, 2. vgl. 4, 2.)

Der Mund ist reizend; Heßbolt wird in seinem Lobe nie müde.

Ich sach ir munt sam ein rose,
swer des tuube warten,

singt er 2, 2: derselbe versteht sich zu spitzen, um einzuladen, aber auch sich trotzig aufzuwerfen.

Wol mich der stunde!
von rotem munde
mir liep geschach,
den sach ich machen
ein zartez lachen,
des ich do jach,
Ir mundes vreche,
daz stellet sich,
als ez vünvin (fünfe) spreche,
gar dur siuberlich. (7, 1.)

Ich lob' an ir vreude schœne,
der muoz ich ir iemer jehe:
Ein mündel alse vreche
sach ich nie so siuberlich,
daz stet, alsam ez spreche:
„ja truz, wer tar küssen mich?" (8, 2.)

Es sind (7, 2)   Kel unde hende
wizer danne ein sne.

Der Sänger hat der Liebe Lust und Leid in reichem Maße erfahren: die Geliebte hat ihn vielfach mit ihren lichten Augen angeblickt und freundlich gegrüßt, aber sie hat ihm auch gezürnt und den Laufpaß gegeben. Er sagt von sich selbst (4, 1):

> ich trure, ich lache, ich singe.

Er trauert, daß die Geliebte es auf sein Verderben abgesehen hat und er ihr von Jahr zu Jahr unwerter geworden ist. Er singt 1, 2:

> wer seit ir danf,
> ob si verderbet mich?
> Des ist min herze von sorgen beswert,
> ich tumber affe,
> bin hiut' unwert
> vil me dan vert,
> sit daz sie min niht gert.

Aber er kann es doch nicht lassen, sie zu besingen, sie zu lieben in der Hoffnung, daß sie ihm wieder hold wird. Das Weib ist ja da, um besungen und geliebt zu werden und Liebe zu erweisen.

> Waz solt' ein wip also zart, si entwünge,
> daz man doch sünge
> vil ir werdekeit?
> Waz solt' ein munt also rot, ern' lache,
> da von doch swache
> vil sorge unde leit?
> Waz solden wangen
> so gar rose var,
> siu enheten vriunde den muot so bevangen,
> daz in erlangen
> doch mueste' aber da. (3,2.)

> Swa gnade wont, seht, da sol man si suochen:
> wil si's geruochen,
> der wart' ich al da.
> Man sol die schoen' niht loben ane guete;
> Got si behuete,
> die sint ir vil na.
> Muest' ich ir künde
> noch gar minen muot,
> so enwart uf erde nie groezlicher sünde,
> daz liep gen vründe
> niht vriuntlich tuot. (3, 3)

Vor dieser größten Sünde hütet sich die Geliebte; sie erbarmt sich des Dichters. Welch einen fröhlichen, seligen Ton stimmt er in Nr. 5 an, man merkt es dem Liede an, wie sein Herz in Sprüngen geht. Er gesteht (Str. 2):

> Gruoz ist min hoechster trost,
> gruoz der kan machen
> mich vil senden rich;
> Gruoz hat mich sorg' erlost,
> darnach ein lachen
> gar durchsiuberlich.

Er jubelt (7, 1):

> wol mich der stunde!
> von rotem munde
> mir liep geschach,
> den sach ich machen
> ein zartez lachen.

Es verbirgt sich freilich die Sonne, die ihm lachte, auf einmal wieder hinter Wolken, sodaß er fragen muß:

> Wa un zarte blikke,
> sanfter gruoz,
> der mich nuoz vröuwen? (4, 1.)

Und Vielen scheinet seine Sonne, sodaß er sich zu der Bitte und dem Wunsche veranlaßt findet (2, 1):

> Nu wünschet alle der suezen,
> daz sie mich noch meine
> in der liebe, als ich si,
> Unt daz ir loslich(e)z gruezen
> mich doch twinge aleine:
> des wünschet ouch mi.

Er weiß, woher all sein Ungemach rührt und wodurch ihm aus aller Liebesnot geholfen wird. Er sagt selbst (1, 1):

> Könd' ich erwerben
> ein lachen dur zart,
> so waere bewart
> min sendez ungemach:
> Ich muoz verderben,
> sie enwelle also
> mich machen vro,
> der ich daz beste ie sprach:
> Daz waere an vröuden ein vröulicher vunt.
> z'war', solt' ich sterben,
> saehe ich den munt
> noch z'einer stunt,
> ich würde wol gesund.

Und daran hält er ganz entschieden fest und seufzt deshalb (5, 2):

> Ach, swem ir gruezen
> wirt durch roten munt,
> dem kan ez sa zestunt
> den lip durchsuezen,
> daz er wirt gesunt.

Von ihr, die ihm die tiefe Herzenswunde geschlagen hat, erwartet er die Heilung.

> Ez schat ir kleine,
> daz mir sanfte tuot;
> ist si doch guot (1, 3).

Von ihr bekennt er (5, 3):

> Sist min leit vertrip

und von ihr begehrt er sofort:

> wolf an mich, suezer lip,
> vil zarter blicke
> unt sprich: „vro belip!"

Doch die zarten Blicke genügen noch nicht; der rote Mund bietet erst das rechte Heilmittel.

> Ach, swer daz luste,
> z'war' den geluste
> vröud' ane not,
> Ein lachen lose,
> ez enwart nie rose
> nie halp so rot. (7, 2.)

Er hat guten Mut, er wird schon eine süße Rache nehmen.

> Nu ist mir al der unmot geringe,
> sit mich gruost' ir mündelin.
> Ach, daz mak mir vröude bringe,
> könt' ich nach dem willen min
> An ime mich gerechen,
> seht, so waer' ich vröuden rich;
> Daz stet, als ez welle sprechen:
> „ja, truz, wer tar küssen mich?" (8, 1.)

Die Geliebte soll ihm diese Rache gönnen; seine Lieder schließen mit der Bitte und dem Wunsche (8, 3):

> Zart liep, la mich dich erbarmen,
> mache mich noch sorgen vri!
> Muest' ich noch mit blanken armen
> vroellich ümbevangen si
> Gar von gnotem wibe,
> so waer' ich in vröuden ganz:
> swie vil ich daz an sie getribe,
> so si'z doch der schoene glanz.

Wann lebte dieser Heinrich Hetzbolt von Weißensee? Hagen sagt (4, 317), in der Zeit des Kaisers Friedrich des Zweiten; darauf deute hin, daß er die Geliebte seine Kaiserin (2, 3) nenne und daß er sie teurer als alles Griechengold (1, 3) schätze. Die Bezeichnung als Kaiserin weise auf eine ruhmvolle Kaiserzeit und das Gold der Griechen sei seit 1261 in Teutschland weit weniger bekannt gewesen als früher. Wir legen diesen beiden Ausdrücken keine beweisende Kraft bei. Wir wissen recht wohl, daß der große Dichter, welcher mit der Wahl Rudolfs von Habsburg die kaiserlose Zeit ihren Abschluß finden läßt, einer poetischen Licenz sich bedient, denn der gepriesene Rudolf ist nie zum deutschen Kaiser gekrönt worden; was soll aber den Sänger hindern, seine Liebe mit einem Namen zu schmücken, welcher allerdings in seiner Zeit keiner Frau von Rechtswegen zukam, aber nach der Überzeugung aller das höchste Ehrenprädikat war, welches einer Frau gegeben werden konnte. Es ist wahr, die Verbindung mit Griechenland, mit dem griechischen Kaiserreich, überhaupt mit dem goldreichen Morgenlande war nach dem Untergange des Hohenstaufischen Hauses sehr gelockert, sodaß die Schätze der Griechen nicht mehr nach Deutschland ihren Weg fanden; warum soll aber ein Dichter jener armen Zeit nicht von dem Golde der Griechen reden? Hat er nie von diesem edelsten Golde sprechen hören, hat er es nie in einzelnen Prachtstücken mit seinen Augen gesehen? In den 8 Liedern Heßbolts ist nichts enthalten, soweit ich sehen kann, woraus mit Sicherheit auf die Zeit dieses Minnesängers geschlossen werden könnte.

Tittmann setzt in seinem Heinrich dem Erlauchten (2, 91) den Heinrich Heßbolt wie den Christian Luppin ohne Umstände in die Mitte des dreizehnten Jahrhunderts. Wie er bei Luppin das richtige nicht getroffen hat, so irrt er sich auch hinsichtlich Heßbolts. Adelung spricht sich S. 188 dahin aus, daß derselbe mit Christian Luppin gleichzeitig sei, und mit Recht ist Bartsch (Einleitung in seinem Werke Deutsche Liederdichter S. LXV. Nr. XCIII) ihm beigetreten. Der Platz, welchen die Manessische Handschrift den Liedern Heßbolts anweist, unmittelbar hinter denen Luppins, dürfte das schon beweisen, denn die Sänger rangieren in derselben nicht nach den Gauen Deutschlands, aus welchen sie stammen, sondern im Großen und Ganzen nach der Zeitfolge. Wir sind aber in der glücklichen Lage, unsere Vermutung mit urkundlichen Nachrichten zu stützen.

Alle, welche mit Heßbolt sich beschäftigt haben, sind nicht weit gekommen. Hagen allein bezieht sich auf eine Urkunde bei Mencke 3, 1010 von dem 21. August 1297, in welcher ein Wilhelmus de Wissenze anstritt. Der Landgraf Albert von Thüringen urkundet auf seiner Wartburg, daß Paul und Peter von Tulleslete, seine Burgmannen zu Gotha, das Holz Luthechenrode an das h. Kreuzkloster zu Gotha verkauft haben, was Albert von Brandenberg, Hermann von Hyrsingerode, sein Hofmeister, Eberhard von Mialsleben, Günther von Lyznik, Hainemann von Hayn, der Ritter, Heinrich von Mila, damals Schultheiß zu Gotha, auch Wilhelm von Wissenze und Christian von Gotha, der Notar seines Hofes, bezeugen. Was will Hagen mit dieser Urkunde? Er giebt es selbst nicht an, wir irren uns aber gewiß nicht, wenn wir meinen, daß er in diesem Wilhelm von Weißensee einen Familienangehörigen von Heinrich Heßbolt von Weißensee erkennt. Wie will man aber diese Angehörigkeit nur irgendwie wahrscheinlich machen? Unser Dichter nennt sich selbst Heßbolt, das ist unstreitig sein Familienname und wenn die Überschrift bei Manesse noch „von Weißensee" hinzufügt, so erhalten wir dadurch nur Aufschluß, wo wir den Mann zu suchen haben, er hatte seinen Wohnsitz in Weißensee aufgeschlagen. Steht es nun mit diesem Weißensee so, daß dort nur ein adliges Geschlecht saß oder sitzen konnte? Können wir diesen Nachweis liefern? Er ist schlechterdings nicht zu erbringen, ja er ist durchaus unmöglich. Das ist viel behauptet, aber nicht zu viel, und jeder wird beipflichten, welcher bedenkt, was Weißensee in jenen Zeiten für eine Stadt war. Ist es jetzt ein unbedeutendes Landstädtchen, so war es damals ein sehr wichtiger Punkt in der Landgrafschaft Thüringen; gelegen in der Mitte zwischen der östlichen Hauptburg der Landgrafen, der Neuenburg über der Stadt Freiburg, und dem westlichen Palatium derselben, der Wartburg, galt es für den Herzpunkt. Mit List hatte der Landgraf Ludwig der Eiserne diese Stelle, welche zu der Grafschaft Beichlingen gehörte, besetzt und befestigt; eine mächtige Burg erhob sich und eine ganze Anzahl landgräflicher Burgmannen hauste in ihr. Im Jahre 1312 stellen 7 Ritter in Sachen des Klosters Oldisleben eine Urkunde aus, in welcher sie einen Konkastellan mit Namen nennen und noch von andern Konkastellanen ohne Namen in Weißensee sprechen[1]. Weil dieser Wilhelm genannt wird von Weißensee, ist er lange noch kein Familienglied der Hetzbolte; jeder, welcher zu Weißensee wohnte, hatte, er mochte adelig oder nichtadelig sein, das Recht, sich nach seinem Wohnorte näher zu bezeichnen. So stoßen wir in den Urkunden auf einen landgräflichen Notar Namens Wilhelm von Weißensee[2], auf einen Bertold von Weißensee zu wiederholten Malen[3], ja auf zwei Heinriche von Weißensee, welche Zeitgenossen unsers Heinrich Hetzbolt von Weißensee gewesen sein müssen, der eine von ihnen erscheint 1306 als bleibender Vikar der Kirche in Naumburg[4], und der andere 1311, Mai 5. in einer Walkenrieder Urkunde als Sohn Hermanns von Weißensee und als ein Verwandter des Rudolf von Weißensee, welcher von Leuten des Klosterhofes zu Pfiffel bei Allstedt erschlagen worden war[5].

Die Familie Hetzbolt tritt nicht erst mit dem Sänger Hetzbolt an die Öffentlichkeit hervor. Bertoldus dictus Hezbolt de Schinstete, castrensis zu Weißensee, wird uns aus einer Urkunde des Jahres 1282 bekannt, welche Wyß in seinem hessischen Urkundenbuche 1, 304 mitteilt. Es handelt sich um einen Gutserwerb der Teutschordens-komende Griefstedt. Wichtiger ist die schon erwähnte Urkunde aus dem Jahre 1312 vom Sonntag Misericordias Domini. Das Kloster Oldisleben hat von Friedrich Albus de Vronigestete (so ist statt Vroningstete zu lesen) einen Jahreszins von 3 Schillingen, 1 Gans und 4 Hühnern angekauft, welcher auf einer halben Hufe und 1 Hof-stätte zu Caunawurf ruhte; dieses beurkunden einige von des Ver-käufers Konkastellanen zu Weißensee, nämlich Burchard von Bruchterde, Konrad von Someringin, Ludwig von Gruzzen, Bertold von Somerde,

---

[1] Mencke 1, 635 f.   [2] Möller, Reinhardsbrunn. S. 73 vom Jahre 1290
[3] Rein, Thuringia sacra. 2, 136 u. 149 von den Jahren 1250 u. 1262.
[4] Wolff, Piotta. 2, 319.   [5] U.-B. von Walkenried, 2, 81.

Hezzebold der Ältere, Hezzebold der Jüngere und Dietrich genannt Meiez, sämtlich Ritter. In dem Auszuge bei Mencke stehen bei den Hezzebolds keine Vornamen; ich habe in Weimar das Kopialbuch von Oldisleben nachgesehen, auch in ihm fehlen die Vornamen; in dem Vorberichte bei Mencke heißt es, daß aus dem zu Gotha auf= bewahrten Kopialbuche die urkundlichen Mitteilungen gemacht worden seien, sollte dasselbe uns helfen können? Dieses Kopiale ist aber jetzt nicht mehr in Gotha aufzufinden; es ist spurlos verschwunden, so scheint es. Wenn man aber das Weimarsche Kopialbuch mit den Diplomen bei Mencke vergleicht, so ergiebt sich eine solche Überein= stimmung, daß man gestehen muß, das zu Gotha von dem bekannten thüringischen Geschichtsschreiber Kaspar Sagittar benutzte Kopialbuch ist keineswegs verloren gegangen, sondern nur aus dem Gothaischen Archive in das Weimarsche Archiv übergegangen, und zwar, was Dr. Paul Mitzschke zu Weimar mir als Vermutung ausgesprochen hat, zu der Zeit, da Oldisleben bleibend mit dem Großherzogtume Sachsen=Weimar=Eisenach vereinigt wurde. Werden nun aber die beiden Hezzbolte nur durch senior und junior unterschieden, so haben sie sich durch den Vornamen nicht unterschieden; mir wenigstens ist noch keine Urkunde in die Hand gekommen, in welcher bei verschie= denen Vornamen dem Familiennamen ein senior und junior wäre zugefügt gewesen. Soll in letzterem Falle das Verhältnis zwischen den Familiengliedern bemerkt werden, so geschieht das so, daß die Weise der Verwandtschaft durch pater und filius, frater, avunculus, patruelis angegeben wird. Ich bin der festen Überzeugung, daß unter diesen beiden Hezzbolten sich der Minnesänger befindet, denn dadurch, daß er Hezzbolt von Weißensee in der Überschrift bei Manesse genannt wird, erhellt, daß er in Weißensee zu sitzen pflegte. Renhof teilt, wie Hagle in dem angezogenen Werke S. 607 u. 611 bemerkt, in seinen Urkundenextrakten über die Kommende Griesstedt mit, daß 1319 der Komthur daselbst von dem Junker Heinrich Herrbald 1 Hufe zu Schönstedt erworben habe. Statt Herrbald ist, was Hagle auch schon will, Hezzbolt zu lesen. Die Familie Hezzbolt war in Schönstedt, wie wir aus der Urkunde von 1282 ersehen, begütert und wohnhaft, sie blieb es noch lange Zeit nach Heinrich Hezzbolts des Minne= sängers Tod. Berlt und sein Bruder Hans Herzebolt verkaufen 1390 einen Zins von 2 Pfund Geldes aus Gütern zu Schönstedt an 2 Vikareien des Marienstiftes zu Erfurt; Hans Hezzbold, Burg= mann zu Weißensee, veräußert 1418 an das Augustinerkloster zu Erfurt 3 Hufen Landes zu Schönstedt und 1420 4 Malter Früchte Jahreszins aus Äckern zu Weißensee und zu Schönstedt; in dem letzten Kaufbrief wird gesagt, daß er mit seiner Gemahlin Else zu Schillingstedt angesessen sei[1]. Es scheint mit diesem letzten Handel

---

[1] Hagle S. 607 u. 612.

das letzte Stück des heßboltischen Erbgutes in Schönstedt in fremde
Hände gelangt zu sein. Heißt in jener Urkunde von 1319 Heinrich
Heßbolt ein Junker, so dürfen wir in ihm wohl den jüngeren der
beiden Heßbolte von dem Jahre 1312 erblicken, welchen ich für den
Minnesänger halte, denn, wenn der ältere diese Lieder gesungen haben
sollte, würden sie, da der jüngere schon 1312 als Ritter erscheint,
zum wenigsten in die Jahre 1280—1290 hineinfallen, was nicht
recht zulässig ist. Ein Heynricus Hezebolt befindet sich als letzter
unter den Rittern, welche die Urkunde des Rates von Weißensee,
die Auflassung einer Hufe Landes in dem Stadtfelde an das Kloster
Capelle betreffend, am 8. September 1324 vollziehen helfen[1].

In welchem Verhältnisse Bernhard Heßbold, welcher 1329 mit
den Bürgermeistern von Weißensee, Rudolf von Schinstete, Heiso
Ebnand, und den andern Burgmannen Hermann von Kranichborn,
Heinrich Götze und Ludwig von Greußen den Verkauf von 2 Hufen
Landes zu Vichstädt seitens des Th. von Hacke an Th. von Tannrode
bezeugen[2], und Heinrich Heezebolt, welcher 1345, den 3. August dem
Briefe der Gebrüder Johann, Friedrich und Heinrich Koller, die
4 Hufen und 5 Hofstätten in Schwabsdorf dem Kloster Heusdorf
verkauft haben, sein Siegel anhängt[3], zu dem Minnesänger stehen,
wage ich nicht zu bestimmen; ich halte nämlich diesen Heinrich
Heßbolt für eine ganz andere Person, denn erstens müssen die
8 Minnelieder, welche den Namen Heinrich Heßbolts der Nachwelt
überliefert haben, in dem Anfange des vierzehnten Jahrhunderts
gesungen worden sein und zweitens beweisen die beiden andern Ver-
siegler der Urkunde Graf Heinrich von Beichlingen und Heinrich von
Mölleda, zwischen welchen Heßbolt steht, daß wir in denselben nicht
einen landgräflichen Burgmann, sondern einen beichlingischen Lehns-
mann zu suchen haben. Das Siegel dieses Heßbolt hat, wie Rein
es am angeführten Orte beschreibt, 2 Schrägbalken mit 3 und 2 Röschen,
was im wesentlichen mit Hagens Angabe 4, 317 stimmt, daß das
heßboltische Wappen zwei schwarze (silberne) Schrägstreifen von der
Rechten zu der Linken in blauem Felde und goldne Sternchen in
diesem enthalte.

Das Gemälde bei Manesse ist ein Phantasiebild, wie es ja auch
bei Christian Luppin der Fall war; es spielt auf den Vor- und Zu-
namen des Dichters an. „Heßbold", so sagt Hagen a. a. O., „ritter-
lich zu Rosse auf der Jagd, begleitet von einem Diener und mehreren
Hunden, hat einen Eber mit seinem Weidmesser erlegt, während ein
Jäger mit Jagdspieß und Horn auf einen Baum geflüchtet ist."

---

[1] Michelien, Cod. Thuring. dipl. 1, 31.   [2] Hagle 611.   [3] Rein,
Thur. sacra 2, 208.

In der Manessischen Handschrift folgt auf Heinrich Heßbolt von Weißensee der Dürink mit 7 Liedern, welche von der Hagen unter Nr. 75 in Band 2, 25—28 zum Abdruck bringt. Schade, daß der Thüringer nicht in einem Liede, Heßbolts Vorgange folgend, das Visier aufschlägt und seinen Namen nennt: wir können über seine Person gar nichts aussagen als dieses Eine, daß er ein Zeitgenosse von Christian Luppin und Heinrich Heßbolt gewesen sein muß, und nur die Frage aufwerfen, ob dieser namenlose Thüringer einer von jenen gewesen sei, welche Valentin Voigt, ein Bürger zu Magdeburg, 1558 in der Dedikation seiner Sammlung von Meistergesängen namhaft macht. Das Manuscript liegt in der Universitätsbibliothek zu Jena und in der Widmung an die beiden sächsischen Herzöge Johann Friedrich und Johann Wilhelm nennt er als die ersten thüringischen Meistersänger den Herrn Pitterolffe, den Hoffgart, den Sigeler und den alten Sieghart, „nach jenen", schreibt er, „sundt komm der Graff von Helderungk, Peter Zewinnger, Herr Friedrich vonn Schmnenburgk, Graff Hermann vonn Barburgk, der Rither[1].

Ein anderer Thüringer tritt dafür noch mit Namen auf, das ist der Herr von Kolmas. Ein Lied hat sich von ihm erhalten: dasselbe steht nicht in der Manessischen Handschrift, sondern in einer Handschrift des Schwabenspiegels auf der juristischen Bibliothek zu Zürich. In der zweiten Nachlese teilt v. d. Hagen Bd. 3, 468 ᵐ dasselbe mit: ich gebe es aber lieber nach dem Minnesangs-Frühling von Lachmann und Hau.t, da diese richtiger und vollständiger gelesen haben als der erste Herausgeber.

> Mir ist von den linden da her mine tage
> entflogen mit den winden, daz ich von herzen klage.
> lunde ez gehelfeu! un hilfet ez nicht;
> swaz ich dar umbe taete, so waer ez geschehen.
> diß leben ist unstaete, als ir haut wol gesehen,
> wan ez erleschet der tot als ein lieht.
> owe daz wir gedenken so kleine dar an
> und ez mit nihte nieman erwenden enkan.
> nu enruocht uns wie lützel wir drumbe gesorgen.
> uns ist din bitter galle in dem honege verborgen.
>
> Wol in der nu wirket mit flize umbe leben,
> da nieman enstirbet, da wirt im gegeben
> nach sinem willen daz niemer zergat.
> da ist ganzin wün e und minne ane haz
> ich waene ieman künne volbezeuken daz,
> wie gar ez alles nach wunsche da stat.

---

[1] Vgl. Horn, Nützliche Sammlungen zu einer Handbibliothek 774, und von der Hagen, Minnesinger 4, 892.

da ist rehtin vröude und volles gemach,
da enirrent riechendin hus noch triefendin dach,
da kan von jaren nieman eralten:
da suln wir hin, wil ez got, der ez alles sol walten.

Des biten unser vrouwen ze hilfe an der ger,
daz wirz beschouwen daz uns des gewer
der vil milte got den ir lip umbevie.
der hat bevangen die welt umbe gar
sin kraft mac langen noch verrer dan dar.
un scho went daz wunder, daz er begie.
allin wunder des gen dem wunder ein wint:
si ist Cristes muoter von himele und ist doch sin kint,
und ist maget her, daz die reinen volschoenet.
got hat den himel und die welt mit ir tugendin bekroenet.

Wir sin bilgerine und zogen vaste hin.
in der sünden lime stecket min sin.
daz ich sin druz niht gebrechen eumac.
wir varn eine straze die nieman verbirt.
wir suln durch niht enlazen, wir bereiten den wint,
der uns hat geborget da her mangen tac.
gelt im: dize leben smilzt als ein zin!
ez gat an den abent des libes, der morgen ist hin.
wir suln uns bezite des besten beraten,
begrist uns diu naht mit der schulde, so wirt ez ze spate.

Die Herausgeber klagen über die Handschrift, dieselbe ist einmal schwer leserlich und dann auch nicht sehr exakt, sie setzt die Verse nicht ab und verwischt auch manche Eigentümlichkeit des hochbegabten Dichters. In der letzten Strophe wird Z. 5 statt enlazen wohl, weil es auf straze sich reimen muß, enlaze zu lesen sein, wie in der vorletzten Zeile beraten in berate zu ändern ist, damit der Reim auf spate richtig werde. Der Rhythmus kontrastiert ganz seltsam mit dem Inhalte, jener springt und hüpft und dieser ist so schwermütig, so tiefempfunden, so ernst. Wie ein Wind sind dem Dichter von Kindheit auf seine Tage entflohen, was er jetzt schmerzlich beklagt, wo nicht mehr zu helfen ist. Das Leben ist so flüchtig, so unstäte, der Tod löscht es wie ein Licht aus. Wer aber bedenkt, daß es so kurz ist und daß man es nicht wieder von vorne anfangen kann? Erst am Ende merkt man, daß unter dem süßen Honig, den das Leben darbot, bittere Galle verborgen ist. Wie gut hat es der, welcher mit Fleiß nach dem ewigen Leben trachtet, er empfängt, was er begehrt, ein Leben, das ganz Wonne und Liebe ist. Wer die Seligkeit jenes Lebens nur recht bedenken wollte: in ihm ist kein Ungemach, sondern nur Friede, nur Freude, nur volles, seliges Genügen! Die heilige Jungfrau, die reine Magd, die Mutter Gottes kann allein dazu helfen, wir müssen sie bitten, daß sie bei dem milden Gotte, den sie über

alles, was Wunder heißt, wunderbar geboren hat, sich für uns ver=
wende. Pilgrime sind wir auf Erden und ziehen dahin in der Irre,
unser Sinn steckt in der Sünde Leim, wir können ihn nicht brechen.
Wie fahren unsre Straße dahin, aber dem Wirt, der uns so
manchen Tag geborgt hat, sollen wir unsre Schuld bezahlen. Wie
Zinn schmilzt das Leben, der Morgen ist vergangen, der Abend
aber gekommen; beizeiten bedenke jeder sein bestes, denn wenn die
Nacht des Todes uns mit unsrer Schuld trifft und ergreift, so ist
es zu spät.

Dieses Lied ist eine wahre Perle, mag man es auf die Diktion
oder auf den Gedankengehalt prüfen: es greift in der letzten Strophe
ein Bild auf, dessen sich Walter von der Vogelweide schon mit
Erfolg bedient hat. Dieser singt in seinem Abschied von der Welt
Nr. 77 in Pfeiffers Ausgabe:

> Fro Welt, ir sult dem wirte sagen,
>   daz ich im gar vergolten habe:
>   min groziu gülte ist abe geslagen,
>   daz er mich von dem Brieve schabe.
>   swer ime iht sol, der mac wol sorgen:
>   e ich im lange schuldic waere, ich wolte e z'einem juden borgen.

Der Verfasser dieses Liedes soll nach Hagen Kolmar heißen: er
ist seiner Sache so gewiß, daß er (4, 762) sagt: „er gehört ohne
Zweifel zu den Elsaßischen Edeln, die von der im 13. Jahrhunderte
schon bedeutenden Stadt Kolmar benannt sind." Allein Hagen hat,
wie Wackernagel in den Altdeutschen Blättern 2, 122 versichert,
falsch gelesen: ganz deutlich steht über diesem Liede in der Züricher
Handschrift: „disiu lied sank ein herre, hiez von Kolmas" und so
nennen ihn auch Lachmann, Haupt, Bartsch u. A.

Die Familie von Kolmas ist eine thüringische, die Gegend von
Eisenach ist ihre Heimat: wir können sie von 1262 an bis 1475
verfolgen. Mit Heinrich von Kolmas tritt sie auf; ein älterer
Kolmas ist mir nicht bekannt geworden.

Als 1262 der Markgraf Albrecht von Landsberg den Kloster=
frauen zu Kronschwitz bei Weida die Erlaubnis erteilte, für 100
Pfund Lehnsgüter, welche er seinen Mannen verliehen hatte, anzu=
taufen, bezeugen das zu guterletzt Siffrid von Hoppengarten, Hein=
rich von Colmas und Konrad von Lize. (Urkunde im Staatsarchive
zu Weimar.) Da der Landgraf Albrecht von Thüringen 1269 seine
und seiner Söhne Aussöhnung mit den Gebrüdern von Flurstedt
und der Stadt Erfurt wegen der Zerstörung der Burg zu Stottern=
heim verkündet, sind Gerhard, H. von Gera, S. von Hopfgarten,
H., der Marschall, H. von Colmas und andre mehr des Zeugen[1].
Als derselbe Landgraf 1270, Mittwoch vor Laetare zu Freiberg

---

[1] Wegele, Friedrich der Freidige. 383.

eine Schenkung an das Kloster Buch bezeugt, so erscheint Heinricus de Colmas, von Heinricus miles dictus de Seillenbere und Fridericus de Sonenbere eingefaßt, wieder als Zeuge[1]: und als derselbe Herr 1271, Dienstag vor Weihnachten auf der Wartburg eine Zueignung an das Kloster Bosau vornimmt, finden wir unter den Gewährsmännern abermals Heinricus de Colmas, dieses Mal aber zwischen Theodericus de Tullestet und Heinricus de Cloberch[2]. Da Landgraf Albrecht 1272 zu Gotha dem Kreuzkloster daselbst 4 Hufen Landes zu Leina zuweist, welche vordem Hermann von Lupenze zu Lehen getragen hat, werden als Zeugen genannt: Th.(coderich) von Tullestete, Günther von Slatheim, genannt Ezzich, Heinrich von Colmas, Hermann und Wezelo, Gebrüder von Mila u. s. w.[3]; und da derselbe Herr 1274, den 26. Februar während seines Aufenthaltes zu Erfurt dem Kloster Anterode bei Mühlhausen alle Güter, welche der Graf Albert von Gleichen allda von ihm zu Lehen getragen hat, überweist, begegnen uns die Zeugen: der Graf von Lauterberg, Heinemannus de Indagine, Henricus de Colmast, Henricus de Hollundern (so ist statt Hlandern zu lesen) u. a.[4]. In demselben Jahre am 21. Dezember bekennen die Gebrüder Hermann und Bertold von Lupenze, daß der verstorbene Eisenacher Bürger Wolmar 15 Schillinge jährlicher Einkünfte, von ihnen zu Lehen rührend, dem Nikolauskloster in Eisenach abgetreten habe: unter den Zeugen befindet sich Herr Heinrich von Colmas und der Marschalk Helwikus. (Archiv zu Weimar, vgl. auch Schumacher, Vermischte Nachrichten zur Thür. besonders Eis. Geschichte. 5, 48.) Als Landgraf Albrecht 1277, den 7. April dem Kloster Pforta einen kleinen Zins, welchen dasselbe wegen Gernstedt ihm nach Eckartsberga zu liefern hatte, erließ, so bezeugen das Eisrid von Hopfegarten, Heinrich von Colmas, Heinemann von Hayne, Heinrich von Schonenberg, Friedrich von Schonenberg, sämtlich Ritter, außer dem Notare Marquard[5]. Heinrich von Colmas urkundet selbst mit seiner Gemahlin Gertrud 1277, den 10. September, zu Eisenach, daß er die Vogtei zu Lupenze (einem der Lupnitze, welche zwischen Eisenach und Langensalza liegen) von dem Jungen von Wangenheim erkauft und daß Herr Heinrich, der Propst von S. Nikolaus zu Eisenach, Herr Konrad Richenbach und Schwester Hedwig 7 Hufen Landes und ihre Leute dort von den Vogtsgerechtsamen losgekauft haben. (Weimarsches Archiv). Der Rat der Stadt Eisenach erklärt 1278, den 4. Februar, daß ihr Mitbürger Konrad More von dem Herrn Heinrich von Colmas den Vogthafer von 1 Hufe zu

---

[1] Schöttgen und Kreysig, Dipl. et script. 2, 194. [2] Ebenda. 2, 446.
[3] Sagittarius, Hist. Gothana 75. Zeitschrift des Vereins für thür. Geschichte 4, 54.
[4] Herquet, U.-B. von Mühlhausen. S. 92. Nr. 234. [5] Wolff, Pforta. 2, 202.

Hezelsrode (wüst bei Eisenach)) abgelöst habe (Weimarsches Archiv und Schumacher 3, 444.). Zu Eisenach bekennt an demselben Tage Heinrich von Colmas, daß Heinrich More ihn richtig bezahlt habe (Weim. Archiv). Das letzte Mal wird er 1279, den 20. Mai erwähnt. Der Landgraf eignet einen Wald bei Kirchheiligen dem Pfarrer Eckard an der Bonifaciuskirche daselbst zu: Heinricus de Colmas, welchem der Magister Matthias vorangeht und Friedrich von Schonbergk, Heinrich von Ringkleben, die Ritter, und der Vogt Bertram folgen, ist des Zeuge[1].

Der erste Kolmas erscheint erst 1324, den 1. August wieder; Friedrich genannt von Kolmacz erklärt mit seinem Sohne Heinrich und mit Hermann, dem Sohne seines verstorbenen Bruders, daß er das Dorf Hezelsrode gegen Richoldesdorf mit dem Kloster S. Nikolaus zu Eisenach vertauscht habe, und am 21. August desselben Jahres bittet er den Grafen Hermann von Orlamünde, die Güter zu Hezelsrode, welche er bisher von ihm zu Lehen getragen, aber, um sich aus Gefangenschaft zu lösen, veräußert habe, dem Nikolaus= kloster zuzueignen. (Weimarsches Archiv.)

Ich darf die Geschichte der Familie von Kolmas nicht weiter verfolgen; ich würde sonst weit über das Ziel hinausschießen. Alle, welche des Herrn von Kolmas Lied kennen, behaupten, daß dasselbe in dem 13. Jahrhunderte verfaßt sein müsse. Ist dieses aber der Fall und wird in dem ganzen 13. Jahrhunderte kein zweiter Kolmas, welcher diesem Namen Ehre macht, gefunden, so kann nur dieser Heinrich, welcher von dem Jahre 1262—1279 bezeugt ist, der Dichter sein. Nicht in seiner Jugend, auch nicht in seinen Mannesjahren hat er dies Lied gesungen: er ist alt geworden,

<blockquote>es gat an den abent des libes, der morgen ist hin,</blockquote>

so bekennt er selbst und er rühmt sich nicht, daß er mit Fleiß und Ernst seine Lebenszeit ausgekauft habe, um in diesem vergänglichen Leben das ewige zu gewinnen. Er hat in den Tag hineingelebt mit den Kindern dieser Welt und was thäte er nicht, wenn er wieder gut machen könnte, was er verfehlt hat? Früher hat er gelacht und gescherzt; jetzt seufzt er:

<blockquote>mir ist von den kinden da her mine tage
entflogen mit den winden, daz ich von herzen klage,</blockquote>

und:

<blockquote>in der sünden linie stecket min sin,
daz ich sin druz niht gebrechen enmac:</blockquote>

Ein Wandel ist bei ihm eingetreten; eine gründliche Belehrung ist erfolgt. Was hat ihn so ganz anderen Sinnes gemacht? Das Chronicon sampetrinum (Erfurter Denkmäler. 1870. S. 89) enthält zu 1261 die Notiz: „viele tausend Geißler traten auf". Die Rein=

---

[1] Neue Mitt. 8, 2, 98.

harbsbrunner Annalen (herausgegeben von Wegele S. 233) berichten zu demselben Jahre ausführlicher, daß diese viel tausend Geißler in den Kirchen sich entblößt und mit Geißeln geschlagen hätten unter dem Vorgeben, daß wer in solcher Buße 40 Tage verharre, von allen Sünden los würde. Und zu dieser Buße liefen sowohl Männer als auch Frauen zusammen und ließen ihre Häuser und Dörfer leer stehen. Die thüringische Chronik, welche Schöttgen und Kreysig (Dipl. und script.) mitteilen, sagt 1, 99: darnach yn dem andern iare (es geht 1265 vorher), da hubin sich dy Geiselere yn allin landen vnd auch yn Doringen vele tusent vnd gingen von eyner stad yn dy andere, obin nockit man vnd wip vnd hinven sich vnd sprachen: wer dy buße antrete 40 tage, der were aller syner sunde ledig. Und dy buße hatte on nymant gesaczt, sundern sy hatten sie selbir irdacht: vnd lißin an manchin endin dy Hußir vnd Dorffer wuste stehin."

Diese Geißler sind des Zeugen, daß damals eine mächt'ge Er= weckung durch ganz Thüringen hindurchging; sollte dieselbe nicht auch den Heinrich von Kolmas ergriffen, ernst gestimmt und zu diesem Liede bewogen haben? Das Gefühl von der Nichtigkeit der Welt und ihrer Lust und von der Sünde Macht und Strafe, das in wilder, wüster, leidenschaftlicher Weise bei jenen Geißlern zum Ausbruche kam, hat in seinem ernsten Liede einen reinen, tiefen und vollen Ausdruck gefunden.

www.ingramcontent.com/pod-product-compliance
Lightning Source LLC
Chambersburg PA
CBHW031930060726
47496CB00008BA/2787